簾幕

米蘭・昆德拉

LE RIDEAU

MILAN KUNDERA

翁尚均——譯

CONTENTS

第一部　對於「延續性」的知覺——005

第二部　世界文學——043

第三部　深入探究事物的精神——081

第四部　何謂小說家？——117

第五部　審美和生存——137

第六部　撕破了的簾幕——157

第七部　小說，回憶，遺忘——193

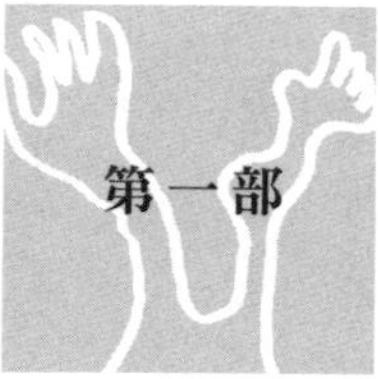

對於「延續性」的知覺

對於「延續性」的知覺

我父親生前是音樂家，別人曾經說過關於他的一則軼聞。有一次他和幾個朋友聚在一處，收音機還是留聲機裡響著某首交響曲的和弦。那些朋友不是音樂家就是樂癡，全部立刻聽出那是貝多芬的《第九交響曲》。他們問我父親：「這是什麼曲子？」家父思索良久之後答道：「聽起來像是貝多芬的。」所有人都忍住笑：家父居然沒聽出那是《第九交響曲》！「你確定嗎？」家父又答：「確定，是貝多芬晚期作品。」「你怎麼推斷這是他晚期的作品？」於是家父請他們特別注意一些和弦技巧，那些技巧是貝多芬年輕時期應該還不會用的。

這段軼聞一定只是人家促狹編造出來的，不過它也說明了「歷史延續性的知覺」究竟是怎麼回事。這個知覺正是一種特點，指出知覺的主人隸屬於我們的文明（或許是我們昔日的文明）。在我們眼裡，所有一切都儼如一段段的歷史，似乎都像一組多少合乎邏輯次序的事件、態度或是作品。在我還很年輕的時候，對於自己所鍾愛的作者，我自然而然，毫不費力便能認出他不同作品在完成年代上的先後次序。阿波里奈爾[1]的《醇酒集》（Alcools）絕對不可能寫成於《圖形詩集》（Calligrammes）之後，因為假設如此，那麼阿波里奈爾就不再是阿波里奈爾，而他的作品就會有完全不一樣的意義！畢卡索的畫作單獨來看每一幅我都喜歡，但我也愛把他的所有創作視為一條長路，而那條長路的每個段落我都瞭若指掌。人人都會問一些形而上的問題：我們從哪裡來？我們往哪裡去？在藝術的領域裡，這些問題的意義是既具體又清楚的，而且絕不可能沒有答案。

歷史與價值

我們不妨想像：有這麼一位當代作曲家，他寫了一首奏鳴曲，不過它的

1. Apollinaire，法國詩人，一八八〇～一九一八年。

形式、和弦、曲調都和貝多芬的類似。我們還可想像：這首奏鳴曲寫得精采絕倫，假設它出自貝多芬的手，那也配稱得上是他最傑出的創作。可是，儘管這個作品再如何上乘，既然它由一位當代作曲家寫成，那還是會引人訕笑。如果大家仍然對他鼓掌叫好，那頂多也是讚美他的雜燴做得出神入化而已。

什麼！我們聽貝多芬的奏鳴曲能感受到美感的愉悅，可是如果這類作品是出自我們同時代作曲家的手，我們就沒有類似的愉悅感覺了？這不是最虛偽的事還是什麼？如此看來，我們對美的感受便不是自然發生的，聽命於我們的感性，反而是受制於對作品完成年代的認知？

這是無可奈何的事：在我們對藝術的欣賞過程中，歷史意識必然伴隨而生，因此這種時代錯置的事（今天寫的作品卻是貝多芬式的）「自然而然」（沒有半點虛偽成分）會被認為是可笑的、造假的、格格不入的，甚至是醜怪的。吾人心中對歷史延續性的知覺如此強烈，以至於它甚至介入我們對每件藝術作品的觀感裡。

結構主義美學的奠基者揚．穆卡羅夫斯基（Jan Mukarovsky）一九三二年曾在布拉格寫道：「只有對客觀美學價值加以推定，那麼藝術的歷史進展才有意義。」換句話說：要是美學價值不存在，那麼藝術的歷史就變成了龐大的作品存放倉庫，而時間的先後次序也不具有任何意義。反過來講：唯有落實在歷史進展的框架裡去看待某一門藝術，美學的價值才能察覺出來。

然而每個國族，每個歷史時代，每個社會族群都有自己的品味，那麼所謂的「客觀美學價值」到底指哪一個呢？從社會學的角度查考，某一門藝術的歷史本身是不具意義的，它只是某個社會歷史的一部分，和服裝、婚喪儀式、運動、慶典的歷史並無二致。狄德羅（Diderot）和達朗貝（d'Alembert）合編的《百科全書》（Encyclopédie）裡關於「小說」一詞的詞條也是以這種精神撰寫的。負責這一詞條撰寫工作的作者是若古（de Jaucourt）騎士。他認為小說有幾大特色：散播力強（「幾乎大家都讀」）、對道德有影響（有時有用，有時有害）等等，可是沒有哪項特有的價值是小說獨具的；此外，他對今天我們大家讚賞不已的小說家像拉伯雷、塞萬提斯、克維多[2]、格里梅豪森[3]、狄福[4]、斯威夫特[5]、史摩里特[6]、勒薩支[7]以及普雷沃教士[8]等等幾乎一字不提；在若古騎士的眼中看來，小說既不是一門獨立藝術也沒有自己獨立的歷史。

拉伯雷和塞萬提斯。編寫該項小說詞條的人沒有提及他們，關於這點其實我們不必大驚小怪；拉伯雷根本不在乎自己是不是小說家，而塞萬提斯志在對他前一代風行的奇幻文學為文加以諷刺。他們兩位誰也沒以「創始者」的地位自居。只有到了後代，小說逐漸流行起來，大家才把這個頭銜加在他們身上。小說藝術把他們看作老祖宗並不是因為他們是率先寫作小說的人（其實塞萬提斯以前就有不少小說家了），而是因為他們的作品比別人的作品更清楚讓人理解這種新的動人藝術其存在的理由；因為在後繼者的眼裡，他們的作品包藏了小說藝術最重要的價值。一旦大家在一部小說裡察覺某種價值，特殊價值、美學價值，那麼後世完成的小說便可以以一段歷史的形態出現。

小說理論

有些初始的小說家具有思考小說藝術理論的能力。費爾汀[9]便是其中一位。《湯姆．瓊斯》共有十八個部分。每一部分都以一個類似探討小說理論的篇章起始（不嚴肅的而且讀來愉快的理論；這是一位小說家為小說寫理論的方法：小心翼翼維持自己的言語方式，對於炫學的行話避之唯恐不及）。

費爾汀是在一七四九年寫成《湯姆．瓊斯》的，也就是在拉伯雷寫成《高康大》和《龐大固埃》兩百年以後的事，而距離《唐吉訶德》出版的年代也有一個半世紀了。儘管他追隨拉伯雷和塞萬提斯的足跡，但是對他而言，小說一直都是一門新的藝術，因此他稱呼自己是「文學新領域的開拓者」。這個「新領域」還真是新，新到還沒有名稱！說得更精確些，它在英文已有novel

2. Quevedo，西班牙小說家，一五八〇～一六四五年。
3. Grimmelshausen，德國小說家，一六二〇～一六七六年。
4. Defoe，英國小說家兼實業家，一六六〇～一七三一年。
5. Swift，愛爾蘭作家，一六六七～一七四五年。
6. Smollett，英國小說家，一七二一～一七七一年。
7. Lesage，法國作家，一六六八～一七四七年。
8. Prévost，法國作家，一六九七～一七六三年。
9. Fielding，英國作家，一七〇七～一七五四年。

和romance兩個詞來指稱，只是費爾汀不准自己使用，因為這片「新領域」才剛被發現立刻就被「蜂擁而來、愚蠢而且醜怪的作品」所霸占（a swarm of foolish and monstruous romances）。為了避免自己的小說和那些被他所輕視的作品歸為同類，他「小心翼翼避開那些字眼」，並且為這門新藝術冠上一個新詞。雖然這詞看來有些矯揉造作，不過其精確的程度卻令人印象深刻：散文—滑稽—史詩寫作（prosai-comi-epic writing）。

費爾汀試圖為這門藝術下定義，也就是決定它存在的理由，並且為他在這領域的現實情況劃定界線，這是他要探索、釐清和掌握的：「這裡我們要供應給讀者們的饗宴就是『人性』。」這句論斷表面看似平庸其實不然；在費爾汀同時代的小說裡就是一些有風趣、具教誨性質和娛樂功能的故事，除此之外再也沒有別的；沒有人像費爾汀賦予小說那麼具有宏大的目標，說目標宏大也就是說它嚴肅性高而且可算苛求，因為小說得挑起檢視「人性」的擔子；沒有人像他一樣，將小說提升到這種層次，思考自然狀態中的人。

在《湯姆·瓊斯》裡，費爾汀在敘述的過程中突然中斷，為的是要向讀者說明，某個角色讓他震驚；這個角色的行為在他看來：「人類是種不可思議的奇怪動物，他的腦袋裝進多少荒誕的事，而這個角色的所作所為又是其中最令人費解的」；事實上，因為對「人類這種奇怪的動物」「令人費解」的事情感覺詭異，費爾汀才有寫作小說的初始動機，才有「創造」小說的理由。「創造」（英法兩種語文都做invention）一詞在費爾汀的眼裡可是關鍵；這個詞的源頭是拉丁文的inventio，也就是「發現」的意思（法文作découverte，英文作discovery、finding out）；作家創造小說也就發現「人性」尚未為人所知、隱藏起來的一面；小說領域裡的創造就是一種認知行為，在費爾汀的定義裡便是：「能夠迅速而且智慧地洞悉作為我們冥想對象所有一切事物的真正本質。」（好了不起的句子，「迅速」〔quick〕這一形容詞的弦外之音指出那是一種特殊的認知行為，在這個行為裡，直覺扮演了最基本的角色。）

那麼這種「散文—滑稽—史詩寫作」的形式是什麼呢？費爾汀宣稱：「身為一片文學新領域的奠基者，我可以自由訂定這國度的法律條文。」他也搶先一步昭告那些在他看來不過是「文學官僚」的文評家，請他們不要預先為他設定規矩；我認為很重要的一點是，在費爾汀看來，小說是以它的存在理由受定義，也由小說要去「發現」的現實領域受定義。相反地，小說的形式則是無人能加以限制的自由空間，它的演進發展給人的驚訝是永不停息的。

可憐的阿隆索・基哈達

可憐的阿隆索・基哈達（Alonso Quijada）想要自抬身價，成為流浪騎士這種傳奇人物。綜觀整部文學史，塞萬提斯卻成功地反向操作：他將某類傳奇人物貶抑下去；此舉發生在散文的領域裡。散文：這個詞不僅指不用詩律的語言；它還意味生活中具體的、日常的以及實質的那一面。所以，把小說看成是「散文藝術」並不是什麼玩笑話。這個詞將小說藝術最深層的涵義定義出來了。史詩作者荷馬可從來沒想過，阿奇里斯（Achille）和阿傑克斯（Ajax）等《伊里亞德》英雄在多次的肉搏戰以後是不是還能保有一口完整牙齒。相反，對唐吉訶德或者桑卓而言，牙齒可是他們始終一直掛心的事，鬧牙疼啦，牙齒掉了等等。「桑卓，你要記得，就算鑽石也不比牙齒珍貴。」

可是散文不只用來描寫生活粗鄙和難過的那一面而已，它還是美的泉源，只是到那時代還一直被忽略罷了：它表現一些卑微情感的美，比方桑卓對唐吉訶德的友誼裡面帶有親切的成分。唐吉訶德指責過他，說在任何一本騎士小說裡也看不到像他這種對主人講話那樣絮絮叨叨而且隨便放肆的隨從。唐吉訶德當然不對：桑卓的友誼正是塞萬提斯從散文美感裡新發掘出來的東西：「……如果幼童在正午告訴他天要黑了，他也會相信的：我愛他這種單純的個性好比愛我自己的性命，就算他有一些過分的做法也不會使我離他而去」，這是桑卓說的一番話。

唐吉訶德的死因為用散文來寫（也就是說不具任何激情成分），因此顯得更加動人。死前他已立好遺囑，接下來的最後三天，他在愛他的人的陪伴下度過臨終：然而，家裡有人臨終，「卻不妨礙他的姪女吃東西，女管家喝飲料，而桑卓的心情也滿愉快。畢竟能夠繼承一些東西的這件事總能沖淡或者消除大家對死者應該表現出的哀傷」。

唐吉訶德向桑卓解釋說，荷馬和魏吉爾並不「如實描繪人物，而是刻劃他們理應具有的形象，以便作為後世模仿的美德榜樣。」可是唐吉訶德本人卻不是一個值得讓人學習的榜樣。小說裡面的人物並不要求別人來崇拜他們的美德，他們只期盼別人理解他們，這兩件事情是截然不同的。史詩裡的英雄常是征服者，如果他們被征服，至少也會在嚥下最後一口氣之前維持他們壯闊的格局。唐吉訶德被征服了。可是卻看不到什麼壯闊格局。因為突然之間，一切顯得明白清楚：實際的人生其實是場挫敗。面對這場不可避免的挫敗，也就是我們所稱呼的生命，我們唯一能掌握的就是嘗試去了解它。這就是小說藝術存在的理由。

「故事」的專斷特性

湯姆．瓊斯是個被收養的棄兒。他住在鄉間一座城堡，由歐沃西大人（Lord Allworthy）保護他並教育他；長成青年之後，他愛上一位富有鄰居的女兒蘇菲（Sophie），不過等到他的愛意在第六部分結尾公開出來時，他的敵人卻以非常卑鄙的手段誣諂他，以至於歐沃西大人一氣之下就把他趕出去了；然後故事開始描述他漫長的流浪生涯（這讓我們想起大約同時代流行於西班牙的「無賴漢」〔picaresque〕小說；裡面的主角總是個無賴〔picaro〕，在一連串奇遇的過程裡，每一次都會認識新的角色）。一直要到小說末了（第十七、十八部分），故事才又重回它的主要情節：在接踵而來、令人眼花撩亂的真相揭露之後，湯姆．瓊斯的身世之謎終於解開：他是與歐沃西極親愛的姊姊所生的私生子，只是這位姊姊作古已久。湯姆獲致最終勝利，並且在小說的最後一章和他心儀已久的蘇菲結為連理。

費爾汀宣稱對於小說的形式擁有絕對自由的創作權利。他首先想到的就是拒絕讓自己的小說淪落為一連串情節、動作、言語的因果連屬，也就是英國人所謂的「故事」（story），那被誤以為是一本小說本質和意義的「故事」；費爾汀反對的即是「故事」的專斷獨裁勢力。他特別爭取能夠中斷敘述的權利，「愛在哪裡停就在哪裡停，愛什麼時候停就什麼時候停」。停下來是為了加入作者本人的評論以及思考，也就是暫離敘述脈絡。不過，他自己也使用「故事」，似乎唯有故事才能保證作品結構的統一性，才能將首尾連貫起來。因此，《湯姆．瓊斯》便在結尾敲響婚禮圓滿的鑼聲作為交代（或許費爾汀是偷偷帶著譏諷的微笑寫下這段尾聲的）。

大約十五年後，費爾汀更以上述那層認知寫了《崔斯川．商第》（Tristram Shandy），那是小說史上第一次將「故事」的重要性全面而且徹底地去除。費爾汀不願自己留在那條事件因果的長廊裡喘不過氣，於是到處以離題和插曲的方式打開一扇又一扇的大窗以利呼吸。而斯騰恩[10]則更進一步，完全棄絕「故事」；他的小說是許多相加的分散主題，是由各種插曲組成的趣味舞會，結構故意脆弱鬆散，鬆散到滑稽的地步，只由幾個富原創性的角色連屬全書，而他們動作行為的無聊輕薄則令人發噱。

有人喜歡將斯騰恩和二十世紀那些對小說形式產生革命性影響的作家相提並論；這個殊榮他是受之無愧，只是斯騰恩不是「受詛咒的詩人」；他生前作品就受廣大群眾激賞，他那摧毀小說故事性的壯舉是在談笑之間，在耍寶之間成就的。沒有人會責怪他的小說艱澀難懂；如果他的作品引起不快，那是因為它的輕浮、它的淺薄，而他所處理的主題又常「微不足道」得令人震驚。

責備他作品主題「微不足道」的人倒也沒有言過其實。不過我們要提醒大家費爾汀說過的話：「這裡我們要獻給讀者的饗宴就是『人性』。」可是，那些充滿戲劇張力的壯觀動作情節難道就是瞭解「人性」更好的鎖鑰？這種情節難道不是一道障礙，將真實生活遮掩起來的障礙？我們人生諸大問題當中的一個不就正是這個「微不足道」？這個「微不足道」難道不是我們共同的命運？答案如果是肯定的，那是我們的不幸還是我們的福氣？是對我們的貶抑羞辱還是恰巧相反，是我們的慰藉、我們得以逃去隱遁的地方，我們的一首田園小詩？

這類問題實在出人意表而且具有挑釁意味。《崔斯川．商第》透過小說形式的遊戲讓這類問題得以提出。在小說藝術裡面，形式的改變和創新突破是分不開的。

10. Sterne，英國小說家，一七一三～一七六八年。

尋找此時此刻

唐吉訶德眼見就要斷氣，然而這個事實並不妨礙「他的姪女吃東西，女管家喝飲料，而桑卓的心情也還不差」。在這短暫的時刻裡，這個句子掀開了掩蓋我們真實生活的簾幕。可是如果我們更貼近去檢視這段平凡無奇的描述呢？也就是深入細節，從這一秒到下一秒。桑卓的好心情是如何表現出來的？絮絮叨叨嗎？他有沒有和那兩位女士說話？說些什麼？他是不是寸步不離陪在主人床頭？

從定義的角度看，敘述者陳述過去所發生的。可是每個小事件一旦變成過去就喪失了它的具體特性，然後化為側影。敘述是種回憶，也就是摘要，是簡化，是抽象。生活的真實面目，生活平凡面的真實面目只能在此時此刻的當下裡去尋覓。那麼，如何敘述過去的事，但同時又重建起它已然喪失的「當下性」？小說藝術在這點上已找到答案：以「場景」（scènes）的方式來呈現過去的事。「場景」即便是用文法上的過去式來描繪，從本體上來看卻是現在式的：我們看得見它，聽得見它。它在我們眼前開展，此時此地。

讀者在閱讀費爾汀的時候，他們個個都被這位卓越的小說家迷住，他的敘述調節了讀者的呼吸節奏。大約八十年以後，巴爾札克又將讀者轉換成「觀眾」，好像坐在銀幕前的觀眾（電影問世前就先有的廣義銀幕）。在這塊銀幕上，小說家用幻術讓他們看見場景，令他們眼睛捨不得從其中移開的場景。

費爾汀並沒有編造一些不可能或不可思議的故事；然而所敘述的事情其中的似真性卻是他最不掛慮的；他不願意利用真實性的幻覺來令他的讀者目眩神迷，而是利用他所創造的驚奇情狀、出人意表的觀察以及對情節虛構安排的魅力來吸引他們。不過，若說小說的魅力在於場景裡聽覺以及視覺的喚回，那麼「似真性便成了黃金定律」；要讓讀者相信自己所看到的，那麼似真性絕對不可或缺。

費爾汀對日常生活面沒有太大興趣（他大概不會相信平庸性有朝一日竟然成為小說的一大主題）；他並沒有裝模作樣，好像用隱藏式麥克風來傾聽筆下每個角色腦海裡面閃過的念頭，他只是從外部觀察這些角色，然後推測他們的心理狀態，他的假定充滿睿見而且經常幽默風趣；純粹的描繪令他不耐煩，他從不費工夫去形容筆下主角的面貌外觀（讀者無法知道湯姆的眼睛是何種顏色），大家也無從獲悉小說的歷史背景；他的敘述輕快地飛越場景，而且只提及那些能令情節脈絡以及作者思考更清楚的片段。湯姆命運更迭起伏的背景（倫敦）比較像是印在紙上的小圈圈，而不是一個實際的大都會：街道、廣場、宮殿都不描述，連名字都沒有。

十八世紀和十九世紀相交的幾十年裡，發生了數次令歐洲從頭到腳徹底改變的爆發性事件。從人類生存的角度來看，當時也發生了本質上的變化，而且這變化是持久的：「歷史」（Histoire）變成是你我每一個人的經驗：人類開始瞭解到，日後他死時的世界和他初生的世界不再是同一個；歷史的大時鐘每個整點都要高聲報時，到處都是如此，甚至在小說內部亦復如是，它的時間立刻要被計算並且定位。每件小東西的外觀，每張椅子，每件裙子都令人想到它們即將消失（改變）。於是進入了描繪的時代。（描繪〔description〕：對曇花一現的悲憫，努力保存終會消失滅絕的東西。）巴爾札克筆下的巴黎和費爾汀筆下的倫敦就不同了。前者書中的廣場會有名字，房屋會有特定顏色，他的街道各有氣味以及聲音，那是精確時刻裡的巴黎，前所未見而且日後再也不會重現的巴黎。小說裡的每個場景都加上了歷史的印記（有時細微到只由椅子的形狀和禮服的剪裁式樣來呈現），歷史一旦從陰暗處走出來，便不停地塑造或是重塑世界的面貌。

在小說大道上方的天空中也出現了新的星斗，小說正式走進它偉大的世紀，是它展現力量，在群眾間大受歡迎的年代；「小說該是什麼」的觀念也確立了，而且君臨小說藝術直到福婁拜、托爾斯泰和普魯斯特的年代。它將前幾世紀的小說作品幾乎打入冷宮（真是不可思議的事：左拉從沒讀過《危險關係》！）並讓後世小說的蛻變經歷困難重重的阻撓。

「歷史」一詞的多重涵義

「德國史」、「法國史」：在這兩個詞組裡，只有補語「德國」、「法國」不一樣，但「史」的觀念卻是相同。「人性史」、「科技史」、「科學史」、「這一門或那一門藝術的歷史」：非但補語不同，連「史」這一個字在每個詞組裡的涵義也都相異。

偉大的甲醫師發明治癒某種疾病了不起的方法。可是十年以後乙醫師又推出另外一種更有效的方法，以至於先前一種方法（也是很出色的）就被遺忘不用了。科學史就具有這種進步的特色。

歷史的觀念應用在藝術上則和所謂的進步扯不上關係。它並不意味變得完美、改善或者進展；在這上面，歷史比較像是一次探索許多未知地域的冒險旅行，然後再將探索結果標在一張地圖上面。小說家的宏圖並不在於做得比前輩好，而是看出前輩所沒看到的，說出前輩不曾說過的。福婁拜作品的長處並不令巴爾札克的相形失色，好比發現北極並不會使發現美洲大陸一事變得沒有價值。

科技史很少依存於人類以及人類的自由。它遵循自己的法則向前演進，不可能和自己的過去或是自己的未來相同；從這個角度看來，它是「非人性的」；假設愛迪生沒有發明燈泡，其他的人也會發明。然而，假設勞倫斯·斯騰恩不曾發過怪念頭，寫出一本完全不具故事情節的小說，那麼絕對不會有人挑起這項使命，而日後小說史的發展也絕不會像我們認識的那樣。

「文學史和單純一個『史』字不一樣，它應該只包含一些勝利者的名字，因為其中的失敗者對任何人而言都不是勝利者。」這句由朱里昂·葛拉克[11]說出來的名言真是發人深省。因為文學史「和單純的歷史不一樣」，那不是一部事件的歷史，而是「價值的歷史」。沒有滑鐵盧的慘敗，法國的歷史便不可理解，可是小作家的滑鐵盧，甚至是大作家的滑鐵盧注定只會遭人遺忘。

「單純的」歷史，也就是人類的歷史包含了今日不再存有的人事物，那些不再直接參與我們生活的成分。藝術的歷史，因為那是一種價值觀的歷史，而這些價值觀時至今日我們還需要，所以還有現在性，還與我們同在；我們會在同一場音樂會裡聆賞蒙特威爾第[12]和史特拉汶斯基的作品。

11. Julien Gracq，法國作家，生於一九一〇年。
12. Monteverdi，義大利作曲家，一五六七～一六四三年。

因為這些價值還與我們同在，所以它們呈現在藝術作品當中時仍然不斷被人懷疑、辯護、評價、再評價。可是如何評斷這些價值呢？在藝術的領域裡是找不到精確的方法的。所有美學美感上的判定都只是「個人的論斷」；可是這種論斷並不會孤立在自己的主觀性裡，它得和其他的論斷一較高下，而且希望被人認同，渴求被提升到客觀的地位。在群體的意識中，整部小說的歷史，從拉伯雷開始延續到我們這個時代，就一直處於不斷蛻變的狀態。參與它的包括有能力的、能力不足的、聰明的、愚蠢的，但是統攝一切的，卻是那片版圖越來越大的遺忘墳場。在那些無價值的旁邊還躺著被低估的價值、被誤判的價值以及被遺忘的價值。這種不可避免的不公正使得藝術的歷史深深帶有「人性」的印記。

生命突現的密實美

在杜斯妥也夫斯基的小說中，大鐘不停地報時：「時間大概是早上九點左右」，這是《白痴》一書的首句；在這一刻，完全出於巧合（沒錯，小說一開頭就以巧合開展！），三個素昧平生的人在火車車廂裡同一個隔間裡碰面了：密須金（Michkine）、羅果金（Rogojine）和萊貝戴夫（Lébédev）；不久，他們談話的主題便拉到小說女主角納絲塔西亞．非里波芙娜（Nastassia Philippovna）的身上。十一點鐘，密須金敲響了艾潘欽（Epantchine）將軍家的門，到了十二點半，他又和將軍夫人以及她的三名女兒吃飯；在討論的時候，納絲塔西亞．非里波芙娜重新變成了話題：談話中提到，有個名叫托茨基（Totski）的人包養了她，並且處心積慮要把她嫁給艾潘欽將軍的秘書加尼亞（Gania），而且當天晚上納絲塔西亞在歡慶自己二十五歲生日的宴會上將會宣布自己的決定。吃完飯後，加尼亞將密須金帶往自己家人住的公寓，而這時出乎眾人意料之外，納絲塔西亞．非里波芙娜來了，過了一會兒，另外一群不速之客（杜斯妥也夫斯基小說中的每個場景專靠這種不請自來的人調整節奏）也到場了，原來是喝醉酒的羅果金以及其他一群醉漢。當晚在納絲塔西亞家的宴會上，氣氛非常熱烈，托茨基焦急等著宣布婚事，密須金和羅果金兩個人卻同時宣布愛上了納絲塔西亞，而且羅果金甚至一出手就給她一包十萬盧布的錢，只不過被她扔在壁爐裡面。慶祝晚會結束時候夜已深沉，而小說四部分的第一部分也在此處告終：這一部分共計二百五十頁左右的篇幅，包括同一天裡的十五個小時，而場景也不過只有四個地方：火車、艾潘欽家裡、加尼亞的公寓以及納絲塔西亞的公寓。

在這本小說問世之前，除了在戲劇裡，否則難得看到在這麼短的時間裡，在如此窄的空間裡居然可以擠進如此多的事件。小說裡的情節被高度戲劇化了（加尼亞掌摑密須金，瓦利亞對著加尼亞的臉吐痰，密須金和羅果金在同一時刻向同一個女人表明愛意），所有隸屬於日常生活的東西都消失了。這就是史考特（Scott）、巴爾札克以及杜斯妥也夫斯基等人小說裡的特徵。小說家想要在場景裡交代一切；然而場景的描述會占去太多篇幅；為了顧及懸疑效果的經營，情節的密度又更提升一層；結果矛盾就產生了：小說家想要維持日常生活平凡性的似真效果，可是場景裡面卻又要將那麼多的事件硬擠進去，結果情節裡到處充塞巧合，到頭來場景不但喪失它的「平凡性」，連似真感也賠進去了。

然而，我認為場景劇場化的過程並不是單純技巧上的需求或是一項缺失。因為事件的堆纍，不可思議的事件接踵而至的現象是相當引人入勝的！這種現象要是發生在我們自己的生活裡，一定讓我們目眩神迷，讓我們措手不及，讓我們永難忘懷。巴爾札克或是杜斯妥也夫斯基的小說（後者可以稱作小說形式上最後一位巴爾札克的偉大嫡裔）反映出一種特殊的美，罕見的美，當然是的，可是又不缺乏真實感，是每個讀者在他自己生命的經驗中見識過的，或至少淺嘗過的。

走筆至此，我想起自己年輕時代瀰漫著放縱情調的波希米亞：我的朋友們都堅決相信，如果在同一天裡能夠先後和三個女人風流，那生命裡不會再有比這個更快活的經驗了。這不是玩雜交派對的那種呆板的結果，而是個人一種奇遇，享受了出人意表的因緣際會、驚奇和誘惑。這種「一天三個女人」的機會絕對少有，讓人心旌動搖，本身具有令人目眩的滋味。今天我明白了，這種滋味並不在於將性愛當運動的操演裡面，而是一連串的邂逅本身便具有的那種

「史詩的美」，因為在前面一位女人出現過的背景上，後來出現的女人顯得更加獨特稀有，三個女人的胴體好比三個長音符，每個長音符都由彼此不同的樂器彈奏出來，卻又以相同的和弦結合起來。這是一種獨特的美，也就是「生命突現的密實美」。

瑣事的力量

一八七九年出版了第二版的《情感教育》（L'Education sentimentale，第一版則是在一八六九年問世的）。福婁拜在段落的配置上做了更動：他不曾把一個段落拆成數個段落，倒把許多原先數個較短的段落結合成一個較長的。此舉在我看來便透露了福婁拜深刻的美學思考：將小說「去劇場化」（déthéatraliser）；將它「去劇場化」（也就是「去巴爾札克化」）；將一個動作、一個情節、一段對白放置在一個較寬廣的架構裡；用日常生活的流水將其稀釋。

日常生活裡不僅只有百無聊賴、不僅只有微不足道的瑣事，不僅只有重複性的事物以及平淡無奇的經驗。它也是美；比方氣氛的誘惑力；你我都可以從自己的生活中感受得到：隔壁公寓傳送過來的輕柔樂聲；風吹窗戶，窗扇輕動；教授單調的聲音，那心懷愛情傷痛的女大學生聽不進去的聲音；這類微不足道的情境竟然可以使個人私密的事件染上不可模仿的獨特性，讓這事件在時間流裡被定位，成為遺忘不了的事。

可是福婁拜更進一步去檢視日常生活的平庸性。時間是早上十一點，艾瑪來到大教堂的一樓，然後一語不發將一封信遞給雷翁。她要對這位到那時為止還與她只維持精神戀愛的情夫說，日後她不想再和對方見面。然後艾瑪閃躲到一旁，跪下來開始禱告。等到她再度站起身子的時候，卻發現旁邊站了一位嚮導，問他們要不要參觀教堂。為了阻撓這次約會的進展，艾瑪表示同意，於是這對男女便不得不站在一座室內墓穴前面，抬頭瞻仰死者的騎馬雕像，然後又移身參觀其他的墓穴、瞻仰其他的雕像同時靜聽嚮導不厭其煩的介紹，而福婁拜卻也不嫌冗長地將嚮導那番愚蠢的言語寫進小說裡面。最後雷翁再也耐受不住便停止了參觀的活動，並把艾瑪拉到教堂前的廣場，然後叫了一輛出租馬車，接著便開始了小說裡有名的一幕：在這一幕裡其實我們什麼也沒看到，什麼也沒聽到，只是偶爾從馬車裡面傳來一個男人的聲音，不停命令馬車車夫駛往新的方向，以便讓這趟旅程不要終止，而車廂裡的情愛遊戲能進行個沒完沒了。

文學史上最有名的一個情愛場景居然是由如此一個全然平凡的小事所觸發的：一個無害但教人掃興的人還有他那鍥而不捨的絮絮叨叨。在劇場裡，一個壯闊的情節只能源自於另一個壯闊的情節。只有小說才發現瑣事所具備的神秘而且巨大的力量。

死亡之美

安娜・卡列妮娜為什麼要自殺？一切似乎顯而易見：多年以來，她身旁的人都避開她。她不能和自己的孩子塞爾治（Serge）見面，得忍受骨肉拆離之苦；就算伏隆斯基（Vronski）依然愛她，但她也一直擔心那愛是不是靠得住；她因此心力交瘁，過度敏感而且病態地善妒；她覺得自己跌進了一個陷阱。是的，這一切都顯而易見；可是，為何當一個人踏入陷阱的時候就非得自戕不可？很多人不都能適應活在陷阱裡的感受！即便讀者明白她的哀痛有多深沉，她會自殺還是一件令人費解的謎。

伊底帕斯王在獲悉自己身世的可怕真相後，在親眼目睹母親兼妻子的卓卡絲特（Jocaste）自縊後，他將自己的兩眼挖瞎了；從他出生以後，一場不可避免的宿命便以數學般的必然性牽引著他，推著他走向悲劇的結局。可是安娜是在事先完全沒有任何徵兆的情況下，到小說的第七部分才首度想到尋死的可能性。那天是星期五，也就是她自殺身亡的前兩天；那時她因為和伏隆斯基爭吵過後，所以情緒十分低落，突然，她回憶起自己在產後精神狀況不穩定時說過的一句話：「為什麼我沒有死？」接著又將它放在心裡左思右想。（我們得注意到：安娜並不是在尋思逃離陷阱的方法時，順著邏輯做成自戕的決定；而是一幕回憶，像和風輕輕吹拂她的腦際。）

隔天星期六她又把死亡這事再度拿來掂量：她告訴自己「處罰伏隆斯基

並且重新獲得他愛情的唯一方法」就是自殺（所以自殺並非逃離陷阱的上策，而是愛情復仇的手段）；為了能夠深沉入夢，她服用了一顆安眠藥，然後懷著感傷來幻想自己的死。她想像伏隆斯基痛苦地望著她屍身那種光景；接著，她又清楚意識到，尋死不過是突發奇想的怪念頭，所以立刻又拾回了生命的喜悅：「不，不，什麼都可以做，就是死不得！我愛他而他也愛我，我們也不是第一次吵吵鬧鬧，後來不也沒事。」

再過一天便是星期日了，也就是她死亡的那一天。當天早上，這對情侶再度大吵一場。伏隆斯基才動身出發探望母親，住在莫斯科附近別墅裡的母親，安娜便急忙給他捎去訊息：「我錯了；回來吧，我們得把話說清楚。看在老天爺面上，回來吧，我好怕！」接著她決定去看她的嫂嫂多莉，以便向她傾吐心中的痛苦。她登上馬車，坐定下來，然後讓各種思慮在她腦海自由進出。但這不是邏輯思考，而是無法控制的腦力活動。一切的東西都攪和在一起，思想的片段，一些觀察，一些回憶。奔跑中的馬車是最適合這種內心獨白的場所，因為外部世界魚貫呈現在她眼前的一切都在不停滋養她的思緒：「辦公室和百貨店。牙醫。是的，我要把一切告訴多莉。有點難以啟齒，但我終究會做。」

（斯湯達爾喜歡在場景的中間將聲音切斷：我們再也聽不見對話，於是便順著人物私密的內心想法而去；通常這番想法是合乎邏輯的、是很密實的。透過它，斯湯達爾向我們展現他筆下正在估量情勢、決定行使那主人翁的謀略。然而，安娜安靜的內心獨白卻完全不合邏輯，甚至談不上是思考，只是在某一特定時刻，一下子湧進她腦海裡雜七雜八的瑣事。因此，托爾斯泰早了五十年便展露喬哀斯的風格，只是後者在寫《尤里西斯》〔Ulysse〕的時候，將這技巧做了更有系統的發揮，這被人稱為「內心獨白」〔monologue intérieur〕或者「意識流」〔stream of consciousness〕。在托爾斯泰和喬哀斯心裡縈繞的是相同的想法：抓住當下某一時刻、在一個人腦際閃過的意念，那到了下一秒就會永遠消失的意念。但其間畢竟有個差異：托爾斯泰並不像後來喬哀斯那樣，他不去檢視普通、平庸的一天日常生活，而是呈現他那女主人翁生命裡的幾個關鍵時刻。這是困難度比較高的技巧，因為情境越是充滿戲劇張力，越是特殊，越是嚴肅，那麼敘述它的人就傾向於抹滅其具體面，忘卻其不講邏輯的散文特質，並且用悲劇獨有的那種簡化了的、嚴密的邏輯去取代它。托爾斯泰式對「散文式自殺」的檢視因此可說是很了不起的手法；此一「發現」在小說史上無人能出其右，現在這樣，將來也是。）

安娜來到多莉家裡，可是無論如何就是開不了口說出想說的話。她很快就告辭出來，上了馬車後便離開了；接著就是她第二段的內心獨白：街道即景，一些觀察、幾番聯想。回到自己家裡，她看到伏隆斯基拍給她的電報，得知對方下鄉去探望他母親，要到晚上十點才會回家。她並不知道其實伏隆斯基根本就沒收到她當天早上給他捎去的訊息。她原本希望對方看了她那個激動的句子（「看在老天爺面上，回來吧，我好怕！」）之後，也能回她一個情緒同樣激動的訊息。現在，她覺得自尊心受到傷害；她決定坐火車去看他；於是重新坐上馬車，這時，她的第三段內心獨白湧現了：幾幕街景，有個丐婦抱著一個小孩，「為什麼她以為這樣就能博取同情？我們難道不是全被遺棄在這片大地上，彼此仇視，互相折磨？……唉，有一群中學生在玩耍……我的小塞爾治啊！……」

她從馬車走下，走進火車車廂；這裡，有股新的力量灌進這個場景：醜陋。從車廂隔間的窗戶向外看去，安娜目睹在那月台上有個「畸型」的婦女在奔跑。安娜「用想像力將她的衣服剝個精光，方便對她的醜陋感覺驚恐……」那名醜婦身後跟著一個小女孩「裝模作樣笑著，一臉怪相，但又自命不凡的調調。」接著又出現一個男人，「髒兮兮的，戴頂鴨舌帽，夠難看的。」最後來了一對男女坐在安娜對面的位子上；「他們令她感到反胃」；丈夫「對他妻子連篇蠢話」。這時，安娜的腦袋已經沒有空間留給理性；她的美感鑑賞能力驀然過度敏銳起來；下車前的三十分鐘前，她已經看到「美」從世界上消失了。

火車靠站停好，安娜走下月台。站裡的人將伏隆斯基的第二封訊息交給她，裡面提到他確定會在晚上十點到家。她在人群當中行進，感官盡被四周包圍過來的粗俗、醜陋和平庸所襲擊。一輛載貨火車駛抵車站。突然，她回想起自己和伏隆斯基第一次認識時的那一天，湊巧有個男人被火車輾死。這時，她已透徹明白下一步該怎麼走。到了這個節骨眼上，她才真正下決心尋死。

（安娜憶起的那個「被火車輾死的男人」是一位跌落車輪底下的鐵路員

工，就在他枉死輪下的同一時刻，安娜生平第一次看見了伏隆斯基。這個對稱安排意味什麼？為什麼要在這個框架裡交代她的情史，呈現雙重死亡的主題？這是托爾斯泰詩意的安排嗎？是作者操弄象徵的方式嗎？

讓我們將情況整理一下：安娜去火車站為的是要看伏隆斯基，不是為了自殺；才一踏上月台，她就蒙受那個回憶的奇襲，同時深深被這突如其來的情境所吸引，然後她給予自己那段情史一個完整而且美麗的形式。情史的開頭和結尾都以車站相同的陳設做背景，以相同慘死輪下的遭遇做主題；因為人都會不自覺受到美的吸引，而安娜被生命的醜陋面壓得喘不過氣，因此對美更形敏銳。）

她走下幾步台階，站在鐵軌旁邊。載貨火車靠了過來。「有種感覺淹沒了她，好像以前她去游泳的時候，正要下水的那一剎那……」

（奇蹟式的句子！在不過一秒鐘的瞬間，在她生命結束前的瞬間，嚴肅的氣氛居然和如此平凡、輕盈、令人愉快的回憶混雜起來！甚至在她瀕死的高潮時刻，安娜還遠遠離開索弗克利斯[13]的悲劇道路。她並沒有離開散文那條神秘的途徑，那是美和醜並存的地方，是理性讓位給非邏輯的地方，是謎面永遠找不到謎底的地方。）「她將脖子一縮，兩手向前，跳落到車廂底下。」

一再重複真沒面子

一九八九年布拉格的共產黨政權垮台後，我便數度回到那裡小住。有次，一位始終沒離開那裡的朋友對我說：「我們需要的可能是巴爾札克。因為你觸目盡是資本主義社會復辟以後的東西，所有這種制度所包藏的粗鄙面和殘忍面，盡是暴發戶和騙徒式的低俗。商業社會的蠢行取代了意識形態的蠢行。但這種新的經驗有它多采多姿的一面，因為新經驗在它的記憶中還清楚留著舊的。這兩種經驗彼此混合，而且就像巴爾札克的時代一樣，歷史將不可思議的雜亂無章全攤出來。」接著他告訴我一個老人的故事。這個老人以前是捷克共

13. Sophocle，古希臘悲劇詩人，西元前四九六～四〇六年。

產黨的高級幹部。二十五年前，他把女兒嫁給一位昔日富商的兒子，不過那個家族的財產早被國家充公了。他為女婿開創了燦爛的前程（這是他送給女兒的嫁妝）；今天，這位舊日共產黨的活躍分子卻孤獨地度過晚年；他女婿的家族取回以前被國家沒收的財產，而做女兒的也覺得父親是共產黨員，自己很抬不起頭，偶爾來探望他也是偷偷摸摸。我的朋友笑道：「你看看，這活生生是《高老頭》的翻版嘛！」在恐怖統治的時代，財粗勢大的高老頭如願地把兩個女兒嫁給「階級敵人」的貴族。誰料想到，王政復辟以後，兩個女婿不願認他，結果可憐的老父親再也無法和女兒在公開場合碰面。

我們兩人為此笑了好一陣子。今天，我認真探討那時發笑的原因。追根究柢，我們為何發笑？那個舊日共產黨的活躍分子果然可笑？好笑之處在於重蹈他人覆轍？可是他可沒有重複什麼！重複的是歷史啊。要重蹈他人覆轍，你還得不知羞恥、沒有大腦、沒有品味才行。令我們忍俊不住的是歷史的沒有品味。

我又回來思考我那朋友的議論。如今我們所居住的波希米亞真的需要它自己的巴爾札克嗎？或許吧。對捷克人而言，或許閱讀一系列有關他們祖國在資本主義社會化的林林總總能使他們豁然開朗。這一系列的小說必然是內容豐富，範圍廣大的集錦，裡面人物紛陳，採用的筆法也應是巴爾札克式的。可是沒有哪一位才能可和巴爾札克匹配的作家會寫出這種小說。寫出另一套的《人間喜劇》是件可笑的事，因為歷史（人性的歷史）儘可以沒品味地重複，可是藝術的歷史卻不容忍重複。藝術不是一面大鏡子，放在那裡只為用來記錄歷史的細枝末節以及它無止盡的重複。藝術並不是亦步亦趨，追隨歷史腳步的軍樂團，它的存在是為了創造自身的歷史。來日歐洲將留下的絕對不是它那一再重複的歷史，因為這種歷史本身不代表任何價值。唯一有機會遺留下來的，是歐洲各門藝術的歷史。

第二部

世界文學

以最小的空間容納最大的歧異

一個歐洲人，不管他是國家主義者或是贊同四海一家的想法，不管他生了根或者根被拔除，總之，他一定受自己和祖國的關係影響很大。在歐洲，國家主義的問題體系看上去似乎比在其他地方更複雜、更嚴肅。至少，它在歐洲和在其他地方是不同的。除此之外還有一項特點：在幾個大國族之外，歐洲還有許多小國族，其中有不少在過去兩個世紀以來都獲得（或者重新爭回）他們在政治上的獨立。或許由於這些小國族的存在，才讓我得以理解到，歐洲最大的價值在於它文化的多元性。以前當俄羅斯世界想要以自己的形象重新塑造我那小小祖國的時候，我就提出自己對歐洲這樣的看法：「以最小的空間容納最大的歧異。」如今，俄國人不再統治我的祖國，然而這個理念卻面臨空前的危險。

歐洲所有的國族生活在共同的命運裡，不過每個國族從自己的經驗出發，以不同的方式來面對自己的命運。因此歐洲每一門藝術的歷史（繪畫、小說、音樂等等）好像是接力賽跑似的，每個國族，一個接著一個，輪流擔負起見證者的任務。比方複雜音樂發軔於法國，卻在義大利獲得長足發展，然後在荷蘭達到不可置信的複雜程度，最後在日耳曼巴哈的作品裡成就了巔峰。十八世紀英國小說崛起後便由法國小說接續傳統，然後重心移至俄羅斯，接著則是斯堪地那維亞等地。歐洲各門藝術歷史的活力及其悠長氣息如果沒有並存的多個國族，如果沒有他們總匯起來的各式經驗，形成一個取之不竭的靈感源頭活水，那麼這種優勢是不可能存在的。

我想到冰島這個國家。十三、十四世紀之間，一種長達數千頁的文學作品在那裡誕生：英雄史詩（saga）。在那時間，英國人和法國人根本還不曾用本國的散文創造出如此恢宏的作品！讓我們深究這個現象吧：歐洲最早的散文傑作居然誕生於它領域裡最小的國家。即便到了今天，這個國家的人口還不超過三十萬。

無法補救的不公平

慕尼黑這個名字象徵了對希特勒的投降。不過，讓我們更實際些來看待這個事件：一九三八年秋天，四大強國——德國、義大利、法國和英國——聚在一起，共同商討一個小國家未來的命運，甚至連發言權都不給它。在一旁的房間裡，兩名捷克的外交官徹夜等著，只為隔天早上人家引領他們走過長長走廊，來到張伯倫[14]和達拉狄耶[15]所在的房間裡，聽取這兩個疲乏厭倦的大人物一邊打哈欠，一邊向他們宣判死刑。

張伯倫為犧牲捷克所做的自我辯護還算有理：「一個我們所知甚少的遙遠國度」。在歐洲，一邊有強權，但另一邊也有小國；有些國家就可以理直氣壯圍坐在談判桌旁，而有些國家只配徹夜守候在候見室。

國家的大小之分其實和居民的數量多寡沒有太大關聯；重要的是某種更深層的東西：它們的生存在自己的眼中始終不是一項不言而喻的事實，它們的生存比較像是一個疑問，一場賭注，一個險局。面對歷史它們只能採取守勢，因為那是一股它們抗拒不了的力量，從不將它們考慮進去的力量，甚至連有沒有注意到它們的存在都還是問題。（龔布洛維次[16]寫道：「唯有抗拒歷史原本的樣子，我們才能抗拒今天的歷史。」）

波蘭的總人口數不下於西班牙，可是西班牙是個古老的強權，它的生存從來不受威脅。可是歷史卻清楚告訴波蘭人「無法存在」究竟是什麼意思。波蘭人被剝奪了建國權，只能活在死亡的長廊裡，這段時間長達一個多世紀。波蘭國歌的第一句話便是激動的：「波蘭『還沒有』滅亡」。大約五十年前維托爾德．龔布洛維次在一封寫給塞茲芬．米洛茲[17]的信裡說過一個大概沒有任何西班牙人會想到的句子：「百年之後，如果我們的語言仍然健在……」

我們試想想看，如果冰島的英雄史詩是以英文寫成的話，那麼其中的主

14. Chamberlain，英國政治家，曾任首相，一八六九～一九四〇年。
15. Daladier，法國政治家，曾任首相，一八八四～一九七〇年。
16. Gombrowicz，波蘭小說家，一九〇四～一九六九年。
17. Czeslaw Milosz，波蘭作家，一九一一～二〇〇四年。

角人物的名氣恐怕不輸給崔斯坦[18]或者唐吉訶德。它那獨特的美學特徵，那擺盪於編年史和小說傳奇之間的文體，本來可以激發出許多文學理論的；大家會在那裡爭議不休，決定該不該將它看作歐洲最早的小說。我的意思並不是指大家把這種文學瑰寶給遺忘了；經過好幾世紀的冷淡對待，這種文學如今在全世界各大學裡被研讀，但它畢竟屬於「文學考古」的範疇，不再對現今活生生的文學產生影響。

因為法國人一向不習慣區分民族和國家，所以我在法國常聽人家說卡夫卡是捷克的作家（的確，一九一八年以後，他成為捷克的公民）。當然，這個標籤貼得毫無意義。可是提醒一下，卡夫卡只以德文寫作，而他自己也毫無閃躲地承認自己是德語作家。然而，讓我們想像一下：如果他以捷克文創作，今天還會有誰認識他呢？馬克斯·布羅德[19]要將卡夫卡推向國際文壇以前，還得花費九牛二虎之力，利用前後長達二十年的時間，結合其他德語作家的協助才能成功！就算哪個布拉格的出版商願意出版假設以捷克文寫作的卡夫卡，那麼也不會有任何同胞（也就是說，沒有任何一個捷克人）能具備足夠的威信，能夠將這些以「我們所知甚少」的遙遠國度語言書寫成的瑰奇文本推向世界。請相信我，如果卡夫卡是個徹頭徹尾的捷克人，那麼今天誰也不會認識他。

　　龔布洛維次的《費爾迪杜爾克》（Ferdydurke）於一九三八年以波蘭文出版面世。但要等十五年後，他才有機會被一位法國出版商閱讀（但是這位出版商拒絕出版這本作品）。接著又要等多少年，法國的讀者才能在書店架上找到它呢！

世界文學

　　我們可以將一件藝術作品放置在兩個基本的背景裡面：一個是它的國族歷史（我們稱呼為「小背景」〔petit contexte〕），一個是那門藝術超越國界的歷史（我們稱呼為「大背景」〔grand contexte〕）。對於音樂，我們自然而

18. Tristan，法國中世紀宮廷愛情小說主角。
19. Max Brod，以色列裔的德語作家，生於布拉格，一八八四～一九六八年。

然會將它放置在大背景裡面來看待；知道拉素士[20]或者巴哈所操的母語對於一位音樂學學者而言其實不具任何意義；反之，一部小說，因為它和寫作的語言息息相關，因此幾乎在全世界的大學裡都只被放在小背景裡來研究。歐洲在思考自己的文學時，很難將它視為統一的歷史區塊，而我也不止一次說過，這是它知識界無法挽回的挫敗。因為，就拿小說史的框架來看：斯騰恩是為了修正拉伯雷而寫作的，而他又啟發了法國的狄德羅。費爾汀不時倚重塞萬提斯的寫作風格，而斯湯達爾又經常拿自己的作品來和費爾汀的做比較。福婁拜開創的傳統則在喬哀斯的作品中被延續下去，至於馬克思．布洛赫[21]又從自己對喬哀斯的思考裡發展出自己的小說理論；賈西亞．馬奎斯（Garcia Marquéz）也是在讀過卡夫卡的作品後才得以跳脫傳統束縛，嘗試「另類的寫作方式」。

剛才我說的那些，其實歌德早就首度用簡練的言詞說明過了：「今天，國族文學不再具有太大價值，我們已經進入了『世界文學』（die Weltliteratur）的紀元，每個人都有責任加速這項演變。」我們不妨說，這是歌德留給後世的遺囑。又是一個被背叛的遺囑。只要打開不管哪一本文學教材，哪一本文選集，我們即可發現，所謂的世界文學不過是將個別的國族文學並列起來罷了。那是「各種」文學的歷史！各種文學，是複數的！

拉伯雷的價值一直都被他的同胞們低估，他的最大知音竟是一位名叫巴克廷（Bakhtine）的俄羅斯人；瞭解杜斯妥也夫斯基最深的正好反過來是一位法國人：紀德；最懂易卜生的人莫過於愛爾蘭籍的蕭伯納；最透徹理解喬哀斯的則是奧地利人赫曼・布洛赫；最先發現同一代北美作家重要普世價值（像海明威、福克納[22]、多斯・帕索斯[23]）的則是幾位法國作家。一九四六年，看到國人對他的作品無動於衷的現象時，福克納抱怨道：「在法國，我可是某個文學運動之父！」上述幾個例子並非規則外的奇怪特例；相反地，那才是規則：在地理區域上拉出距離以後，能讓觀察者跳脫局限的小背景，使他得以掌握「世界文學」的「大背景」，也唯有放在後者的背景來考量，小說的美學價值

20. Roland de Lassus，法蘭德斯的音樂家，一五三二～一五九四年。
21. Max Broch，奧地利作家，一八八六～一九五一年。
22. Faulkner，美國小說家，一八九七～一九六二年。
23. Dos Passos，美國作家，一八九六～一九七〇年。

方能凸顯出來。也就是說：洞悉人生先前未曾被認知的層面以及小說所創新的形式。

這樣看來，我是不是要說：要判定一本小說價值的高低根本不用認識寫作小說所用的初始語言？當然，這正是我的意思！紀德不懂俄文，蕭伯納不懂挪威文，沙特讀多斯・巴索斯時也不是直接念原文。要是維托爾德・貢布洛維次以及丹尼洛・契斯[24]的作品只能靠懂得波蘭文和塞爾維亞—克羅埃西亞語的人才判定其價值，那麼他們那種前衛的新美學就永遠不會被世人發現了。

（那麼教授外國文學的老師們呢？他們天經地義的任務難道不是在世界文學的架構下去研究文學作品？沒有辦法。為了證明他們專業能力高人一等，他們經常招搖地認同他們所教授那個國別文學的小背景。他們照單全收了裡面涵蓋的意見、品味以及偏見。沒有希望：一件藝術作品只要到了海外的大學裡，就會被解釋得最離譜最糊塗。）

小國族的鄉巴佬氣

如何定義「鄉巴佬氣」？那就是拒絕（或沒有能力）將自己的文化放在大背景裡來看待。所謂的「鄉巴佬氣」包括兩種：有大國族的鄉巴佬氣和小國族的鄉巴佬氣。大國族常常會排斥歌德的「世界文學」觀念，因為他們自己的國別文學在他們看起來已經足夠豐富，所以對於其他地方的文學作品提不起興趣。卡茲米耶爾基．布朗迪斯（Kazimierz Brandys）曾在他的《記事，巴黎一九八五～一九八七年》裡說過：「法國大學生和波蘭大學生相比，他們對世界文化的認識比後者更顯不足，不過他們有條件這樣，因為他們的文化或多或少包含全世界演進過程的所有層面，所有可能性和所有的階段。」

小國族對於「大背景」視而不見的理由正好相反：他們對世界文化相當尊崇，可是這個文化在他們看來是個陌生的東西，像頭上的天一樣遙遠，一樣

24. Danilo Kis，南斯拉夫作家，一九三五～一九八九年。

不可接近，是個與國族文學沒有太大關聯的理想現實。小國族常會訓誨它的作家，說他們只隸屬於自己的國族。如果他們將視野拓展到國界以外，和越國界藝術領域的同行連上聲氣，那麼大家就認為他們裝模作樣，瞧不起自己的同胞了。又因為小國族經常遭遇攸關存亡的險境，所以這些國族很容易便能推銷自己的態度，好像在倫理道義上絕對站得住腳。

法蘭茲．卡夫卡在他的《日記》裡談到這點。他從德國文學這個「大國」文學的角度來觀察猶太人的意第緒文學和捷克文學；他說，一個小國族對自己的作家特別表示推崇尊敬，因為在「敵意環伺的世界中」，他們為自己的小國族帶來驕傲。文學對於小國家而言，不像是「文學史上的事情」，倒像是「人民的事情」；由於文學和它所屬人民相互間不尋常的滲透，所以便促進「國內文學的傳播，它和政治是共生的」。接著他做出一個出人意表的結論：「在大國族的文學裡，那種只在底層玩玩，並非國族這棟巍峨建築一定得有的東西，拿到小國族裡便是了不起了；大國族裡那種引起人群暫時聚集的事情，拿到這裡可就攸關生死了。」

後面這幾個字讓我想起史梅塔納（Smetana）於一八六四年寫過的合唱詩句：「歡樂起來，歡樂起來吧，貪婪的烏鴉，我們為你準備美食佳餚：你將飽嚐叛國者的屍肉……」這種嗜血的愚蠢言語怎麼可能是由一位大音樂家想出來的？年少懵懂是嗎？這個不是藉口，那時他已經四十歲了。值得注意的是，在那時代，「背叛祖國的人」究竟是何涵義？是不是據地為雄的游擊隊出去屠殺自己同胞？不是：一個被貼上「叛國」標籤的捷克人只是那種遷離布拉格，搬到維也納去住，希望在那裡平靜過著德式生活的人罷了。這像卡夫卡所說的，那種大國族裡只配「引起人群暫時圍觀的事情，拿到這裡可就攸關生死了。」

國族對自己的藝術家所表現的占有慾可以稱之為「小背景的恐怖主義」。它將一件作品的意義窄化到它在自己國家裡能扮演什麼角色的定位。我翻開文生．丹第[25]於巴黎音樂院開設「作曲學」的舊講義，在那時代幾乎整個世代的法國音樂家都是出自那個學校。講義裡面有幾段談到史梅塔納和德弗

25. Vincent d'Indy，法國作曲家及音樂學教授，一八五一～一九三一年。

扎克，尤其是史梅塔納的兩首弦樂四重奏。拜讀之餘究竟能學到什麼？只有同一個斷言，以不同的措辭說了又說：這種音樂「富有人民的氣質」，靈感「來自民俗歌謠及舞蹈」。沒有別的東西了嗎？沒有。這話平庸之外還與事實不符。說它平庸，那是因為民俗歌謠的痕跡在所有音樂家的作品裡都找得到：海頓、蕭邦、李斯特、布拉姆斯等等的作品全有；說它與事實不符，那是因為史梅塔納的那兩首弦樂四重奏其實是個人內心世界的向外呈現，是他發生一件不幸事件之後的表白：那時史梅塔納剛剛喪失聽覺；他的四重奏（了不起的作品！），套用他自己所陳述的，是「在失聰男人腦海裡翻旋的樂章。」文生・丹第怎麼錯得如此離譜？很可能是他自己根本不認識史梅塔納的音樂，將他放在講義中只是道聽塗說罷了。他的判斷也反映了當時捷克社會對這兩位作曲家的評價；為了以政治的手段利用他們的姓名（為了在「敵意環伺的世界中」表現國族的驕傲），人們便在他的音樂中翻找民俗音樂的片段，然後將這些片段縫製成一面巨大國旗，並在他們的作品上高高升起。世人只能禮貌地（或者帶著開玩笑的心情）接受別人所提供的詮釋。

大國的鄉巴佬氣

那麼所謂「大國的鄉巴佬氣」又是怎麼回事？定義還是一樣：沒有能力（或是拒絕）將自己的文化放在「大背景」裡去看待。才幾年前，也就是上一世紀快結束的時候，一家巴黎的報社針對當時三十位知識界的重要人士進行一項調查，這些人士包括記者、歷史學家、出版商以及幾位作家。他們每個人都要舉出他們認為法國史上最重要的十本書；從這份三十乘十共三百本的書單中再挑出一百本列進光榮榜；儘管所問的問題「什麼書塑造了法蘭西？」可以有許多詮釋的方法，不過所獲得的結果卻相當公正客觀地呈現今天法國知識界的菁英到底認為法國文學裡什麼才是重要的。

在這個排行榜裡，由雨果的《悲慘世界》榮膺榜首。外國作家可能會很驚訝。因為他們從不認為這本書對於自己或者對文學史有何重要。但是經過這場評選便清楚了，他們所景仰的法國文學和法國所崇拜的法國文學是不一樣的。榜上的第十一名是戴高樂將軍所寫的《戰爭回憶錄》（Mémoires de guerre）。將如此崇高的地位送給一位政治家兼軍人所寫的書，在法國以外的地區恐怕很難想像。不過，教人滿頭霧水的還不是這點，而是其他最偉大的傑作在榜單上只配跟在後面！拉伯雷只占了第十四名！什麼？拉伯雷竟然排在戴高樂後面！關於這點，我拜讀了一位盛名遠播的法國大學教授所寫的文章。他說，法國文學缺乏像但丁之於義大利文學、莎士比亞之於英國文學那樣的奠基者。你看，在他國人的眼中，拉伯雷的頭竟不配頂法國文學奠基者的光環。可是，今天幾乎所有一流的小說家都認為拉伯雷和塞萬提斯一樣都是小說這門藝術領域的拓荒先鋒。

那麼十八、十九世紀的小說，法蘭西的另一項光榮又如何呢？《紅與黑》第二十二名；《包法利夫人》第二十五名；《芽月》（Germinal）第三十二名；《人間喜劇》只落在三十四名（怎麼可能？沒有這系列的作品，如何想像歐洲文學！）；《危險關係》第五十名；而福婁拜的《布瓦和貝庫薛》（Bouvard et Pécuchet）則像跑得上氣不接下氣的懶惰學童一樣，好不容易才吊上一百名的車尾。此外，還有一些偉大的小說傑作根本不在前一百名的排名裡：《帕爾瑪的查爾特勒修會》（La chartreuse de Parme）；《情感教育》（L'Education sentimentale）；《宿命論者雅克和他的主人》（事實上，只有放在世界文學的大背景裡看待，我們方能理解最後這本書無可比擬的原創性）。

那麼二十世紀呢？《追憶似水年華》第七名。卡繆的《異鄉人》第二十二名。然後呢？少之又少。大家所謂的現代文學很少榜上有名，而現代詩則全軍覆沒。看上去好像法國對現代藝術的巨大影響全然不存在似的！例如，似乎阿波里奈爾（榜上無名！）對於整個世代的歐洲詩歌沒有起過作用似的！

更驚人的還在後頭：貝克特[26]和尤涅斯柯[27]的蹤跡也是杳如黃鶴。二十世紀有多少劇作家能有他們的作品中散發出來的光源和力量？一位？兩位？頂多是這樣。想起一件事來：共產黨統治下捷克文化生活的解放是和出現於六〇年代的小劇場運動息息相關的。我第一次在這種小劇場裡欣賞了尤涅斯柯的作品，那是個難忘的經驗；想像力的爆發，桀驁不馴的思想突起。我經常說：

26. Beckett，愛爾蘭作家，以英文和法文寫作，一九六九年諾貝爾文學獎，一九〇六年～一九八九年。
27. Ionesco，羅馬尼亞裔法國戲劇作家，一九一二～一九九四年。

「布拉格之春」的運動早在一九六八年往前八年就開始了，里程碑便是「在欄杆上」（Sur la balustrade）小劇場推出尤涅斯柯作品的那時候。

或許有人反對我的看法，說是我剛才提到的光榮榜不能說有鄉巴佬習氣，它只是呈現近來知識界的趨勢。在這趨勢裡，美學上的考量越來越不重要而已：比方把票投給《悲慘世界》的人並不是從這作品在小說史的地位重不重要作為依據，而是因為它在法國引起巨大的社會迴響。這當然是不爭的事，可是這種決定一方面也透露一個現象：對於美學價值的漠不關心已不可避免地將文化推向鄉巴佬氣裡面。法國不是一個只有法國人住的國家，它也是其他國家馬首為瞻、汲取靈感的對象。而且一個外國人在判斷誕生於自己國土以外的作品時，經常是以它們的美學、哲學價值來觀察的。因此，定理又再度應驗：上述那些價值是很難從小背景的觀點看出來的，就算從大國族的小背景觀點出發也是一樣。

東歐來的人

一九七〇年代，我離開祖國前往法國定居。那時我很驚訝發現自己居然成了「從東歐放逐出來的人」。從法國人的觀點來看，我的國家確實是東歐集團裡的一分子。我勤快地四處向人解釋我的國家所處的真實狀態，簡直可當醜聞來看待的狀態：我們因為國家主權被剝奪，不但被另一個國家兼併，還被另一個「世界」所吞噬，即東歐那個世界。東歐和拜占庭帝國的關係淵遠流長，有自己的歷史問題，自己的建築語彙、自己的宗教（東正教）、自己的字母（源自希臘文的西里克字母）以及自己的共產主義（沒有俄共控制的話，中歐的共產主義是不可能存在的，但東歐的共產主義和我們所經驗的共產主義絕對是很不相同的）。

漸漸我搞清楚了，自己原來是從一個「我們所知甚少的遙遠國度」裡出來的人。圍繞在我身邊的人極度關心政治，但地理方面的知識卻少得可憐：他們以為我們是被「赤化」而不是被「兼併」。此外，捷克人和俄羅斯人一樣，不都隸屬於相同的「斯拉夫世界」？我又得忙著澄清道：「斯拉夫各國族就算語言同源，卻不存在單一的斯拉夫『文化』，斯拉夫『世界』；捷克人的歷史就和波蘭人、斯洛伐克人、克羅埃西亞人和斯洛文尼亞人（當然，還包括不屬於斯拉夫族的匈牙利人）的歷史一樣，完全屬於西方系統；哥德文化；文藝復興文化；巴洛克文化；和日耳曼世界來往甚為頻繁；宗教改革時期也都站在天主教舊教這邊。這些國族和俄羅斯關係疏遠，是截然不同的兩個世界。只有波蘭人和它毗鄰而居，可是地理位置上的接近反倒讓波蘭人陷入水深火熱。」

說這麼多不過是白費力氣：所謂的「斯拉夫世界」依舊是個根深柢固的誤解，是世界歷史著作裡牢不可破的觀念。我翻開「七星文庫」（La pléiade）裡那地位崇高的《世界通史》（Histoire Universelle），找到「斯拉夫世界」那一章細讀下去，發現歷史上偉大的捷克籍神學家揚・胡斯[28]又注定要和他的英國籍老師韋克力夫[29]分開，和德國的馬丁・路德似乎也無關聯（然而馬丁・路德卻將他視為先驅和導師）。揚・胡斯被燒死在康斯坦斯（Constance）的柴堆上以後，還要在史書上忍受被人將他和俄國國王「恐怖伊凡」（Ivan le

Terrible）擠進同一篇章的做法。他和「恐怖伊凡」能有什麼對話空間，這種永垂不朽的方式未免太淒涼了。

任何事都比不上個人經驗來得有說服力：七〇年代末期，有位傑出的斯拉夫學者為我的一本小說寫序。收到他寄來的手稿並且拜讀之後才發現他動不動就把我拿來和杜斯妥也夫斯基、果戈里[30]、布寧[31]、巴斯特納克[32]、曼代爾史坦[33]以及其他俄國的異議分子做比較（這當然是對我的一種抬愛，在那時代，誰也不會想傷害我的）。我在驚恐之餘立刻採取行動，阻止這些文字出版。倒不是說我對那些俄羅斯的偉人有什麼負面意見，相反地，我推崇他們每位，只是和他們相提並論，我會變成另一個人。我永遠忘不了那篇文章給我帶來的奇怪焦慮：將我放置在不屬於我的背景環境裡，我才覺得真正被流放了。

28. Jan Hus，捷克宗教改革家，一三七一～一四一五年。
29. Wycliff，英國神學家，一三三〇～一三八四年。
30. Gogol，俄國作家，一八〇九～一八五二年。
31. Ivan Bounine，俄國作家，一八七〇～一九五三年。
32. Boris Pasternak，蘇聯作家，一八九〇～一九六〇年。
33. Ossip Mandelstam，蘇聯詩人，一八九一～一九三八年。

中歐

在世界的大背景和國族的小背景之間我們不妨想像一個過渡地帶，就稱它為「中背景」（contexte médian）吧。在瑞典和世界之間，過渡地帶是斯堪地那維亞。對哥倫比亞而言那就是拉丁美洲了。對匈牙利和波蘭而言是什麼呢？在我移居外國以後，我一直試著回答這個問題，因此我有一篇文章的題目便是答案的摘要了：「被綁架的西方或是中歐的悲劇」。

中歐。這究竟是什麼？是介於俄羅斯和德國中間的各小國族。是西方這座大森林的邊緣地帶。就算這樣好了，可是精確來講包含哪些國族呢？波羅的海三小國能不能算進去？那麼羅馬尼亞呢？在宗教上因為信仰東正教的關係被拉往東方，又因為語族隸屬的關係被扯向西邊的羅馬尼亞。還有奧地利呢？長久以來，這個國家都被視為整個中歐的核心地帶。奧地利的作家純粹被當作德語作家來研究，如果硬把他們塞進中歐那個語言分歧的大雜院裡去，他們恐怕會不高興（換成是我，也是同樣的心情。）此外，這些國族可曾清楚而且持續地表示願意創造這樣一個大區的心願？完全沒有。幾個世紀以來，這些國族絕大部分被一個強權（哈布斯堡帝國）所統治，然而到最後，它們一心只想逃離開去。

上面那些陳述將中歐這個概念的深遠程度做了相對性的剖析，結果證明它的特徵就是模糊不精準，但同時又讓它的問題清晰浮現出來。中歐的疆界果真無法準確又持久的劃定出來？當然不行。因為這個國族從來不是自己命運的主人，不是自己疆域的主人。它們很少成為歷史的主體，幾乎一直是歷史的客體。它們各自的內部若說有什麼一致性，那也不是意志力使然。它們彼此那麼接近，但不是出於自願，不是由於好感，不是基於語族的接近，而是因為彼此的經驗大致相同，因為共同的歷史情勢將它們聚合起來，在不同的時代中，在不同的條件中，在從來不確定的移動疆界中。

中歐不能夠單純以一個德文詞「Mittel-europa」（中歐）來概括（我本人從不用這個詞。有很多人，甚至包括非日耳曼語系的人，尤其是那些只透過維也納那扇窗戶來觀察中歐的人，特別慣用這個稱呼）。中歐是個多重心的地區，你從華沙、從布達佩斯或從扎格雷布觀察都不一樣。可是不管大家從哪個角度看待，底層總有一個共同的歷史若隱若現。如果從捷克的窗戶來審視，那我就看到十四世紀中葉時在布拉格設立了中歐第一所大學。到了十五世紀我又看到胡斯所發動的革命，預示了宗教改革的時代要來臨了；到了十六世紀，哈布斯堡帝國開始逐步形成，先後將波希米亞、匈牙利和奧地利收入版圖。接下來的兩個世紀裡，我看到了連天烽火，那是保護西方免受土耳其人入侵的戰爭；然後我看到巴洛克藝術綻放時期的反宗教改革運動，使得中歐迤邐至波羅的海諸國，只呈現出單一的建築風格。

時至十九世紀，各國族內部竄起愛國主義的烈焰，因為它們的人民拒絕讓自己被人同化，也就是說，被日耳曼化。即使是奧地利人，即使他們在帝國內部居於統治者的地位，也不得不在對奧地利的認同以及對大日耳曼統一體的認同之間做一抉擇，但是如果選擇後者，他們的奧地利國族認同就會被稀釋掉了。走筆至此，我們又如何能遺漏猶太復國主義運動？這股也是產生於中歐的力量也是立基於拒絕被同化的思想上面，是猶太人想要以國族的地位生存、使用自己傳統語言的心願！歐洲有一些根本性的問題，其中一項便是小國族的問題，它比世界其他任何地區表現得更集中、更有標竿性。

二十世紀的第一次世界大戰以後，很多國族從哈布斯堡帝國的廢墟中站起來宣布獨立了，但是三十年之後，除了奧地利之外，又全被納入俄羅斯的控制範圍：這可是中歐整部歷史裡再也找不到的全新情勢。接下來便是長時期的反蘇維埃動亂，先是波蘭，接著是匈牙利的腥風血雨，然後是捷克斯洛伐克，最後反抗勢力便長期而且剽悍地在波蘭生根。二十世紀後半期，我覺得歐洲沒有比這些反抗運動更值得世人讚美的事情，像一條條環環相扣的金鍊子。四十年的抗爭最後令那個東方帝國根基鬆動，使它難以統治，最後終於敲響它的喪鐘。

現代主義者抗爭的相反路線

我認為將來大學裡也不會把中歐當作一門特殊的學門來教授；在歷史上，揚．胡斯似乎只配跟著恐怖伊凡一起呼吸斯拉夫的空氣。而我呢？要是我不是經歷了震撼我祖國的那場政治悲劇，我會不會一生緊抱著「中歐」這一概念？一定不會的。有些字眼平時蹲在霧陣裡面，但到適切的時機便跑來援助我們。從它最簡單的定義來看，「中歐」這個概念揭穿了雅爾達密約的謊言，三個二次大戰的戰勝國在雅爾達討價還價，將東西歐已穩定千年的界線往西移動了數百公里。

「中歐」這一概念後來再度又幫了我一個忙，但理由完全與政治無涉。當我發現自己對「小說」、「現代藝術」和「現代小說」等字眼的理解和一些法國朋友迥異時，「中歐」的觀念便幫忙我了。倒不是故意要和人家唱反調，其實只是謙遜地提出見解，說明塑造我們的兩個傳統是不一樣的。在簡短的歷史回顧之後，我的腦海中浮現的是兩套幾乎是對稱的比較。法國這邊：古典主義、理性主義，違反正統主義的自由思想，接著，到了十九世紀，則是偉大小說進場的時代。中歐這邊：特別令人心醉神迷的巴洛克藝術君臨天下，接著，到了十九世紀則流行德國和奧地利市民文化中那種帶說教的田園詩，只有出色的浪漫主義詩歌，而偉大的小說則是鳳毛麟角一般罕見。中歐一般無可比擬的力量也從音樂裡湧現出來，自海頓到荀伯克（Schönberg），自李斯特到巴爾札克的兩百年間，中歐地區便見識了歐洲音樂所有的重要體系；中歐在它音樂的榮光裡彎下了腰。

那麼二十世紀前面三分之一所流行的「現代藝術」（一場震撼人的暴風雨）又是什麼？那是對舊日美學的徹底反動；當然，這是顯而易見的事，可是，並不是過去的每個段落彼此都一樣。所以現代藝術是反古典主義的、反理性主義的、反寫實主義的、反自然主義的。法國的現代藝術將波德萊爾以及韓波[34]的抒情反叛傳統延續下去。這種藝術在繪畫中，尤其在詩歌裡找到最適合的表現方式，後者真可算是現代藝術裡最得天獨厚的一門。相反的，小說則被貶得一文不值（特別受到超現實主義者的非難）。它被認為是過時的，鎖死在它傳統的形式裡，是回天乏術了。但在中歐那邊，情況又不一樣；中歐的現代主義反抗傳統那種恍惚狂喜、浪漫主義情懷的、感傷的、音樂的東西，而由幾位最富原創性的天才將這種新文化導向分析性的、講究清晰、慣用諷刺的藝

34. Rimbaud，法國詩人，一八五四～一八九一年。

術，而小說正是新風格的沃土。

我的北斗七星

在羅貝爾．穆西勒（Robert Musil）的作品《無用之人》（L'Homme sans qualités，1930~1941年）當中，克拉莉斯（Clarisse）和瓦特（Walter）「肩並肩坐著，好像兩個火車頭，奮力敲擊」，他們在鋼琴鍵盤上玩四手聯彈。「他們坐在小椅子上，不因任何事情而動怒，不因外物而悲傷或是萌生愛意」……唯有「音樂的威勢將他們結合起來（……）這種結合方式在人們遭遇極大驚恐的時候也會出現，幾百個人在驚恐產生前那一刻還各有不同的表情動作，可是到下一刻，他們全做出相同動作，發出一樣荒謬的叫聲，眼睛和嘴巴都張得一樣大……」瓦特和克拉莉斯「動作好比洶湧怒濤，這是從內在外現的激情動作，也就是說是肉身下面，靈魂底層那種隱晦難明的騷動。他們認為這些便是永恆的言語，透過該種言語所有人才能結合起來。」

作者這種有諷刺味道的觀點對象不僅是音樂。它還更深入一層，進入音樂的「抒情本質」。「抒情本質」就是一種美妙的誘惑，是節慶歡愉，但也是冷酷屠殺的原動力量，它讓原本各自獨立的許多個體變成狂喜的一整群人；穆西勒這種反抒情的挑釁讀來讓人想起法蘭茲．卡夫卡，因為後者在他的小說裡也憎惡所有被激情所誘發的比手畫腳（光這一點，卡夫卡便和德國的表現主義者根本不同）。根據卡夫卡自己的說法，他寫《美國》這部小說就是為了反對「傷感橫溢的風格」。從這一點我又想到赫曼．布洛赫。他對「歌劇精神」非常反感，對華格納的歌劇尤其如此（也是被波德萊爾和普魯斯特讚譽有加的同一個華格納），甚至認為那就是「低級拙劣藝術作品」的代名詞，用他的語言來形容便是「了不起的低級拙劣藝術作品」；說到布洛赫我又聯想到了維托爾德．龔布洛維次。在後者那篇著名的文章〈反詩人〉中，他對波蘭文學裡那種根深柢固的浪漫主義，對西歐現代主義把詩歌高高捧為不可褻瀆女神的做法展開反抗。

卡夫卡、穆西勒、布洛赫、龔布洛維次……這些人是否形成一個群體，一個派別，一個運動？沒有；他們都是單打獨鬥的作家。我有好幾次都稱呼他們為「中歐偉大小說家的北斗七星」；事實上，他們雖是閃亮明星，可是環繞在他們周圍的卻是空無，而且彼此之間的距離又是如此遙遠。不過，他們的作品在我看來都表現類似的美學方向：他們都是小說界的「詩人」，換句話說，對小說形式以及形式的創新深感興趣；對於每個字詞，每個句子的密實度和強度投注關心；他們同樣深受想像力的吸引，想要超越「寫實主義」的藩籬；可是同時又不受「抒情成分」的迷惑：他們不願意將小說轉變為吐露個人心聲的場所；對於散文裡無用的矯飾成分沒有好感；將精力完全集中在實在的世界。總之，他們都把小說看成偉大的「反抒情詩歌」。

拙劣的文藝作品與粗鄙

用來指「拙劣文藝作品」的詞「Kitsch」誕生於十九世紀中期的慕尼黑，當時專指浪漫主義風靡時期一些俗不可耐的垃圾作品。不過，或許赫曼・布洛赫的看法比較接近事實。他從庸俗作品和真正偉大浪漫主義作品在數量上的懸殊比例的現象做出如下的論斷：十九世紀的主導風格（在德國以及中歐）普遍應是俗不可耐的風格，但是例外地出現少數幾件浪漫主義的上乘作品。那些明瞭「俗不可耐」風格竊占藝壇長達百年之久之現象（歌劇男高音歌手的霸權）的人士都會對將現實披上粉紅色面紗的人，對毫不知恥展示自己隨時隨地激動起來、「恨不得將香水倒在麵包上」（穆西勒語）的人都感到憤怒。長久以來，「俗不可耐」已經在中歐成為一個非常精確的概念，表示「美學上的極大危害」。

法國的現代主義者終究沒能抗拒感傷主義的誘惑以及矯情，這點我不覺得奇怪。因為在這個文化裡並不存在「俗不可耐」文藝的長久經驗，因此反對它的那種高敏感度的憎惡根本沒有機會形成和發展。Kitsch這個字眼在德國流行了一百年後，才於一九六〇年首度在法國使用。一九六六年翻譯布洛赫隨筆的法文譯者以及一九七四年漢娜・鄂蘭[35]作品的法文譯者不得不把「Kitsch」一詞譯成「蹩腳貨藝術」（art de pacotille），但是此舉卻讓原作者的思考變得讓人摸不著頭緒。

我重讀了斯湯達爾的《呂西安・勒文》（Lucien Leuwen）裡面描寫沙龍裡社交應酬的那些對話。我仔細考慮該用哪些關鍵字來凸顯那些參與對話的人：虛榮；粗俗；尖牙利嘴（「像腐蝕一切的硫酸」）；可笑；禮貌周到（「禮數無限周到，真情一片空白」）；思想正統保守。我不禁自問：依我看來，對「俗不可耐」文藝作品最嚴厲的美學批判是什麼？最後我終於找到答案了；就是「俗」一詞（vulgaire, vulgarité）。「杜・波瓦希耶先生是個粗俗得不能再粗俗的人，不過他似乎對自己低級的、放肆無禮的舉止感到驕傲；好像一頭豬厚顏地懷著感官快意在泥濘裡打滾……」

現在和以前沒有兩樣，都是瞧不起「粗俗」的。我們不妨研究一下這詞的字源：vulgaire源自拉丁文的vulgus（人民）；人民群眾覺得津津有味的即是vulgaire。可是一個民主政治擁護者，一位左派人士，一位人權鬥士先天上必須熱愛人民；可是這些人絕對可以自由自在，以高高在上的態度輕視他所認定為粗俗的東西。

卡繆在獲得諾貝爾文學獎後便開始承受沙特對他進行的政治批判，還要忍耐各方的妒忌和恨意，此舉讓卡繆在巴黎的知識圈內感到十分不自在。有人告訴我，想要貶損他的那些人祭出了「粗俗」一詞作為標籤貼在他的身上：貧寒出身，母親目不識丁，那些俗稱「黑腳」（pied-noir）的北非法國人和其他同類互通聲氣，都是一些「舉止放肆無禮的人」；他文章裡的哲學議論都是玩票性質；這類批評，比比皆是。在閱讀這些形同擅自動用私刑的文章時，我特別注意到這些字眼：「卡繆不過是個穿上大禮服的鄉巴佬，戴著手套，頭上的禮帽還忘記摘下，第一次走進沙龍的市井之徒。其他的賓客回頭一看，立刻明白來者是誰。」這套比喻其實正中要害：他不僅不知道該思考什麼（他對「進步」持負面看法而且還同情阿爾及利亞的法國人）。更嚴重的是，他在沙龍裡面經常手足無措（本義上和衍生義上的手足無措）；他就是粗俗。

在法國，沒有任何美學上的譴責比這個更嚴厲了。這種譴責有時好像有

35. Hannah Arendt，德裔美國哲學家，一九〇六～一九七五年。

憑有據，不過它也傷害到最優秀的小說家拉伯雷。還有福婁拜。巴爾貝・多賀維宜[36]曾經寫道：「《情感教育》一書的最主要的角色應該算是『粗俗』這一觀念。我們認為，世界上有相當多粗俗的靈魂，粗俗的心思，粗俗的東西，更不用提那些數量龐大要淹沒人的、令人反胃到極點的粗俗行為。」

走筆至此，我回憶起自己剛移民來法國的最初幾個星期。那時蘇維埃的史達林主義已在國際社會上廣受譴責。全世界都嚴陣以待，急欲了解被俄羅斯占據後，捷克到底會發生什麼悲劇，而且大家都覺得我頭上多出一道由可敬的哀傷所形成的光環。我的記憶猶新，有一次我坐在酒吧裡一位巴黎知識界人士的面前，這個朋友一向支持我，而且幫了我許多忙。這是我們在巴黎第一次碰面，但在談話的過程當中，我的耳邊不時響起一些壯觀的字眼：迫害、古拉格、自由、被祖國放逐、勇氣、抵抗、集權主義、恐怖警察統治。為了將俗不可耐的成分從過去嚴肅的幽影裡驅趕出去，我開始解釋道，儘管先前在捷克時，我們被人跟監，公寓裡被裝上警察局的麥克風，我們還是苦中作樂，徹底學會了故弄玄虛的好玩把戲。我有一位朋友，他和我互換了住所但同時也互換了名字；這位朋友性好漁色，將警察安裝的麥克風根本不當一回正經事看待，他在我的套房內完成了畢生最風光的情愛遊戲。由於每一段戀情最棘手的部分都是分手時刻，因此我的移民對他而言，時機再恰當不過了。有一天，與他過從甚密的那些女士小姐發現公寓已經人去樓空，連我的名牌都不在門上了。而那時候，我人已抵達巴黎，正親筆簽名，為那七位我素未謀面的女人寄去小小的道別卡片。

我說這故事只是想娛樂一下我那位巴黎的朋友，可是哪知弄巧成拙，他的臉立刻拉下來，然後像斷頭台的斧刃一樣拋下一句：「我覺得一點都不好玩。」

我們後來一直都是朋友，但從此不可能產生真正的友誼。我們相處不來，但從來沒承認，後來我仔細回想與他第一次見面的這段插曲，我終於明白貌合神離的原因了：將我們疏遠開來的，正是兩種相異美學態度的衝突：一個對「俗不可耐」反感的人碰上了一個對「粗俗」不具好感的人。

36. Barbey d'Aurevilly，法國作家，一九〇八～一九八九年。

反現代的現代主義

亞瑟．韓波這位法國詩人曾寫道：「一定要絕對地現代才行。」六十年後，龔布洛維次則無法確定「現代」是否真有必要。在《費爾迪杜克》（一九三八年在波蘭出版）裡，勒瑞恩的家庭被「現代高中女生」的女兒所擺布。她對電話情有獨鍾；瞧不起古典文學作家；對於來訪的男客，「她只是睜著眼睛看人家，然後右手拿起螺絲起子伸進嘴裡，以牙齒咬住，同時一副毫不在乎的樣子，將左手伸給對方。」

她的母親也很現代；這位母親是「新生兒保護委員會」的成員；她全力支持廢除死刑，而且贊成社會風俗的自由化；她「大搖大擺，一副不在乎的樣子走進廁所，然後以比剛才更要招搖的風光態度從裡面走出來」；等她年歲漸長，現代作風對她更是不可或缺，好像是唯一一件「可以取代逝去年華的東西」。

那爸爸呢？他也是現代得不得了；他沒什麼思想，但是竭盡所能取悅自己的妻女。

龔布洛維次在《費爾迪杜克》中抓住了二十世紀當中所產生的基本轉捩：在這時代以前，人類分成兩大陣營，想要維持現狀的以及想要改變現狀的；然而，歷史加速腳步也造成了一些結果：以前，人類活在一個進展甚為緩慢、背景大致相同的時代裡，可是後來，突然之間，人類感到歷史在他的腳底下動了起來，好像一條輸送帶似的：現狀居然往前滑脫！突然，同意現狀就意味著同意動態的歷史！大家終於可以同時身為進步主義者和保守分子，既愛抗爭又有正統思想！

卡繆被沙特以及沙特擁護者數落為反動分子，而他也回敬他們一句出了名的妙句，說他們「將自己的扶手沙發椅順著歷史的方向來放」；卡繆看得真確沒錯，只是他不知道，這張寶貴的扶手沙發椅已經裝上輪子，而且一段時日以來，大家將它推著向前。推它的人正是那些現代的高中女生、她們的媽媽、她們的爸爸以及那些反對死刑的人，那些「新生兒保護委員會」的成員，當然還包括政治家們。政治家們一面將那扶手沙發椅推向前去，一面將笑意滿盈的臉轉向跑來跟在後面的群眾，而群眾也瞇眼笑著，因為政治家們知道，只有

「高興」成為現代，你我才是貨真價實的現代。

所以有一部分韓波的後繼者了解到一件前所未聞的事：今天，配稱得上是現代主義的便是那是反現代的現代主義。

第三部

深入探究事物的精神

深入探究事物的精神

聖博夫[37]在評論《包法利夫人》的時候寫道：「我對他那本書的責備是：『善』的成分太少了。」他想瞭解，為什麼在這本小說裡「沒有一個人物會以『悅目的行為』來撫慰讀者，讓讀者心情寧靜？」接著，他為當時還很年輕的福婁拜指出一條該走的路：「我對法國中部省分的情況瞭若指掌，一個年紀輕輕、智力出色、『心中慾望熾烈』，日子過得百無聊賴的女人：雖然嫁人，但還沒有子女，既然沒有子女需要養育、沒有子女可以珍愛，那麼她應該做什麼才能夠填滿她心靈裡的空洞？（……）她會成為一個『積極行善的人』（……）。她會教導村子裡的小孩讀書，教導他們認識『道德倫理』（……）。外省鄉間的生活中有許多這樣的人：為什麼不照顧他們？這種義行多麼『提振人心』，多麼『寬慰人心』，這樣，人性的視界就更完整了。」（我把關鍵字都標出來）。

我禁不住要譏笑這番仁義道德的說教，因為這些話讓我自然而然想起不久前的「社會主義求實精神」那些教誨性的勸告。先不去管回憶的事，一位當時法國文壇最有威望的評論家居然勸告一位年輕的作家要以「炫目的善行」來「提振」、「寬慰」讀者的心，因為這些讀者和我們一樣，需要一點同情，一點鼓勵，這件事不很荒謬可笑嗎？大概二十年後，喬治桑在寫給福婁拜的一封信裡，大致又把舊調重彈一遍：為什麼他要將自己對筆下角色的「情感」隱藏起來？為什麼他不在小說中明白披露「個人的信念」？為什麼他只帶給讀者「悲涼的感受」，而喬治桑她自己卻寧可「寬慰」他們？她出於善意地勸告福婁拜：「藝術不是只有批評和諷刺而已。」

福婁拜回信給她並解釋道，自己既不想批評也不願諷刺。他寫小說的目的不在向讀者傳達自己的判斷。他關心的完全是另一回事：「我一直都努力要深入探究事物的精神……」這個回答已交代得很清楚：上述那番誤解和福婁拜的性格無關（他心腸好，心腸壞？冷漠或者善施悲憫？），只和「小說是什

37. Sainte-Beuve，法國作家與文學批評家，一八〇四～一八六九年。

麼」這個問題有關。

幾百年的時間裡，繪畫和音樂都是為教會服務的，不過這種功用並不會剝奪了這兩門藝術的美。可是要讓小說為某個威權服務（就算這個威權再如何高尚都一樣），一個真正的小說家是做不來的。想藉小說來褒揚一個國家政體或是一支軍隊根本是無稽之談！可是烏拉迪米爾·侯蘭[38]對於一九四五年解放他家鄉的人傾倒不已，因此寫成了《紅軍的士兵們》，那是一本收了許多優美、令人難忘詩歌的集子。我可以想像夫朗斯·哈爾斯[39]一幅描繪鄉下「積極行善的女人」的壯觀畫作。女人的身邊環繞許多兒童，她在教導他們「道德倫理」。話說回來，只有可笑蹩腳的小說家才會將這位好好女士寫成故事的女主人翁，只為讓她「提振」讀者人心。我們必須謹記在心：各門藝術不是都一樣的；它們各自通過一扇不同的門來和世人接觸。在這許多扇門當中有一扇是專門保留給小說的。

我說「專門」，那是因為在我看來小說並不是一種「文類」，不是一棵樹諸多枝幹裡的一支而已。如果不承認小說有自己的靈感繆斯，那麼就永遠無法理解小說，如果不能將小說視為一門獨立藝術，那也一樣。它有自己的源頭（肇始的那一時刻只屬於它自己）；它有自己的歷史，以自己獨有的分期作為節奏（在戲劇文學中，從詩歌過渡到散文這一天大重要的事在小說發展的歷史中就找不到可以相對應的；而兩門藝術的歷史演進並不是同步的）；它自有倫理（赫曼·布洛赫曾說過：小說唯一的倫理就是認知；一本小說如果不在人類還不知道的範疇裡挖出一點什麼，那麼可以說是違背了自己的倫理；所以：「深入探究事物的精神」和「樹立好榜樣」根本是兩種動機全然不同，而且彼此無法妥協的事）；小說和作者的「我」有種獨特的關係（為了傾聽「事物精神」那隱密的、小到幾乎聽不見的聲音，小說家（和詩人、音樂家正好相反）必須讓自己靈魂深處的聲音靜默下來）；小說有它創作的歷程（寫作一本小說要耗去作者一大段時間，以至於在小說寫成之後，作者和寫作之初的自己已大不相同）；小說超越國族語言的藩籬，向整個世界開展（歐洲的詩歌自從在節

38. Vladimir Holan，捷克詩人，一九〇五～一九八〇年。
39. Frans Hals，荷蘭畫家，一五八五～一六六六年。

奏美之上又加上押韻美之後，從此它的整體美就不可能再轉換成另一種語言；相反的，將散文作品翻譯成外文雖不容易但至少可行；在小說的世界裡是沒有政治國界的；所有自稱受益於拉伯雷的小說家讀的幾乎都是譯本）。

不可救藥的錯誤

第二次世界大戰才剛結束，便有一群法國的優秀知識分子將「存在主義」變成響亮的字眼，不僅為一個哲學的新趨勢，也為戲劇和小說的新風格命名了。沙特做為自己戲劇作品的理論家，相當懂得命名分類的技巧，將「性格戲劇」和「情況戲劇」區分開來。他在一九四六年解釋道：「我們的目的在於探索人類經驗裡最共通的情況」，也就是釐清人類生存當中最主要的面向。

可是哪一天你我不會自問：假如我生在別的地方，生在其他時代，那麼我的人生會是什麼樣子？這個問題本身包含了一個人類最普遍的錯覺。這個錯覺讓我們誤認為我們的一生只是一個單純的布景，是個偶發的、可以交換的情況，而我們那獨立自主、恆常的「我」便在這個情況裡通行。唉，幻想自己其他不同的人生，自己其他十多種可能的人生，這真是美好的事！白日夢做做就算！我們其實無可挽回地被鎖死定在自己出生的年月日和地點。如果抽離開自己那具體而又唯一的情況，我們的「我」是難以想像的。除非透過這個情況，除非放在這個情況裡面看待，否則我們的人生是無法理解的。如果不是兩名陌生人早上來找約瑟夫．K，向他宣布他被指控的消息，那麼他將會和我們所認識的他完全不同。

沙特散發魅力的人格特質，以及他身兼作家和哲學家的兩種身分證實了某種說法：二十世紀小說和戲劇的存在主義定位是受某種哲學所影響的。一直都是這個不可救藥的錯誤，大錯特錯，因為這種說法在哲學和文學之間劃出了單行道，好像「從事敘述的行家」如果想有什麼別出心裁的想法，就得上「從事思想的行家」那裡商借才行。其實早在存在主義的潮流風靡整個歐洲的前二、三十年，小說藝術已經悄悄從它昔日對角色心理狀況的探討刻劃，轉到關心「存在」問題的分析上面（分析人類生存最主要的面向並且加以描述釐清）。這種演變絕非乞靈於治療，而是小說藝術自身進化的邏輯使然。

情況

法蘭茲・卡夫卡的三本小說其實就是相同一個情況的三種變體。人和外界起了衝突，但這個外界並非另一個人，而是那個轉變成龐大行政體系的世界。在第一本小說裡（一九一二年寫成），主人翁名叫卡爾・羅斯曼（Karl Rossmann），而背景世界是美國。在第二本小說裡（一九一七年寫成），主人翁名叫約瑟夫・K，而世界變成一個交相指控他的大法庭。在第三本小說裡，主人翁名叫K.，而他所生活的世界則是受城堡控制的小村落。

雖說卡夫卡避開心理層次的問題，只專心審視某種情狀，但這並不意味，他筆下的人物在心理層次上不能令人信服，其實，心理層次只是擺到次要的位置罷了：不管K.的童年過得快樂或是悲傷，不管他是母親的心肝寶貝或是成長於幼兒院的孤兒，不管他是否曾經談過轟轟烈烈的戀愛，這一切都不會絲毫改變他的命運或他的行為。正是由於這樣將著重點顛倒過來，利用另類方式對人生提出疑問，並對個體的認同進行思考，卡夫卡不僅和傳統的文學涇渭分明，而且也和同時代的偉大同儕普魯斯特或喬哀斯大異其趣。

布洛赫曾在一封信裡分析《夢遊者》（寫於一九二九年和三二年間）的特色。他說這是一本「講認知的、而非心理描寫的」小說。這個三部曲裡的每本小說：《一八八八年—巴茲瑙又名浪漫主義》（Pasenow ou le Romantisme）、《一九〇三年—艾許又名無政府主義》（Esch ou l'Anarchie）、《一九一八年—胡格瑙又名寫實主義》（Huguenau ou le Réalisme，年代也是書名的一部分）。每本小說所描述場景的時間點正好距離上一本小說十五年，而且主人翁也新換個人。會讓這三本小說合成一部大作品（出版社從不曾將它們分開出版！）的原因在於三者處理的都是一個相同的「情況」，也就是歷史進程中那種超越個體的情況，是布洛赫口中所稱的「價值觀的崩壞」。面對這種情況，每個主人翁都找到自己因應的態度：首先是巴茲瑙，他對即將從他眼前消失的價值觀還堅心固守；後來艾許上場，明明急著想有自己的價值觀，卻完全無所適從；最後則是胡格瑙，他在價值觀蕩然無存的世界裡適應良好，如魚得水一般自在。

如果要將雅洛斯拉夫・哈謝克[40]算成是小說現代主義創始者其中一位的話，我會有點不知如何是好。哈謝克對於自己到底夠不夠現代根本毫不在乎。他是一位「通俗」（populaire）作家，只是「通俗」並不是現在你我理解的意思，而是個流浪者兼作家，是個冒險家兼作家，瞧不起文學界，但文學界也瞧不起他，雖然只寫過一本小說，卻在全世界擁有極大量的讀者。瞭解這些情況之後，我覺得他的作品《好兵帥克歷險記》（Brave Soldat Chvéïk，寫成於一九二〇到二三年間）更值得我們稱許。這本小說和卡夫卡以及布洛赫的小說反映出同樣的美學傾向（他和卡夫卡曾在相同的期間內居住在同一個城市）。

帥克被傳喚前往徵兵體格檢查委員會。他坐在輪椅上面讓人推著走過布拉格的街頭，一面叫嚷：「進攻貝爾格勒。」一面耀武揚威舉起兩支借來的枴杖，而城裡的人全注視著他。那一天正好是奧匈帝國向塞爾維亞宣戰的日子，這件事便為第一次世界大戰揭開了序幕（在布洛赫的眼裡，這場戰爭代表了所有價值體系的崩潰，也是那個三部曲結束的時候）。為了能夠安全地在這世界生活，帥克到處誇張地宣告自己對軍隊、國家和皇帝的擁護，以至於誰也說不上來，他究竟是個白癡還是個小丑。哈謝克也沒有告訴我們；當帥克語無倫次在說他那些因循守舊的愚蠢話時，讀者其實無從知道他真正的思想是什麼。正因為我們看不出端倪，這個角色才如此耐人尋味。在布拉格酒館外面的招牌上，帥克被描繪成個子矮小、身材渾圓，可是那是為小說畫插畫的名畫家幻想出來的，哈謝克在小說中對帥克的面貌身材可是一字不提的。我們也無從知曉他是出身什麼樣的家庭，也從來不曾讀到他和哪個女性來往。是不需要女人？還是秘而不宣？沒有答案。不過更有趣的一點是：不用問那麼多！我的意思是：帥克愛不愛女人我們其實懶得知道！

你看，這是小說美學上一個不惹人注目，但卻是徹頭徹尾的轉變：一個角色能夠「活潑」、「栩栩如生」、「特色鮮明」，在藝術的層面上「成功」，其實不必盡可能在書中交代所有關於他的細節。讓讀者相信他和你我一樣真實其實一點用處也沒有。如果要讓角色特徵鮮明，使人永難忘懷，那麼他

40. Jaroslav Hasek，捷克作家，一八八三～一九二三年。

只要將小說作者為他創造出來的「情況」空間填滿便可。（在這種新的美學氛圍中，小說作者甚至偶爾會津津有味地提醒讀者，小說中沒有一件事是真的，一切都是他的虛構。就像費里尼在他的影片《揚帆》（E la nave va）片尾所做的一樣，讓觀眾看看他這幻覺劇場的後台裝置以及技術設備。）

只有小說才能說的事情

《無用之人》書中的故事發生在維也納，然而如果我沒記錯的話，「維也納」這個地名卻只出現過兩三次而已。在費爾汀的小說中，倫敦的風景地貌提都沒提一下，更別說是描述了。《無用之人》裡面維也納的風景地貌亦復如此。那麼烏爾利須（Ulrich）和他姊妹阿嘉特（Agathe）那場極重要的相遇所發生的所在城市到底是何情形？我們無從知曉，書中甚至沒提過它的名字。這座城市應該是捷克文稱的布爾諾（Brno），也就是德文稱的布綠恩（Brünn）。因為那是我的誕生地，所以只憑書中一些細節便認出來；我才洋洋得意說出自己如何猜出那城市的名稱，心裡立刻自責起來，因為這種做法根本違反了穆西勒的意圖；意圖？什麼意圖？難不成他想隱藏什麼？才不是呢；他的意圖完全是美學上的考量：只處理最根本最重要的；不要讓讀者的注意力分散到沒有用的地理描述上。

我們觀察到，每一門藝術在現代主義的範疇裡都盡可能想凸顯它的特殊性和基本精神。因此抒情詩排拒一切修辭的、說理的、裝飾美化的成分，就為了讓詩歌奇幻純淨源泉迸射出來。繪畫放棄了它亦步亦趨、描寫現實的記錄功能，其他方法可以達成目的（例如攝影），它就不再拿它當成自己的目的。那麼小說這邊呢？同樣，小說也拒絕再做某個歷史時代的見證，不願再描寫某個社會，不願再為某種意識形態辯護。它只情願為「唯有小說能說清楚的事情」服務。

我想起了一九五八年大江健三郎所寫的短篇小說《人間的羊》（Tribu bêlante）：在一輛夜間公車裡坐滿了日本乘客，中途上來了一群醉醺醺的外國士兵。他們開始粗暴地欺負一位乘客，也是一名大學生。他們強迫這名大學生脫掉褲子露出臀部。大學生發現四周的人都快忍俊不住。後來，軍人覺得只欺負一個人不過癮，於是接著強迫車裡一半的乘客做出同樣的動作。公車停下來，士兵下車一哄而散，而那些受辱的人重新穿上褲子。另外那些乘客好像從束手無策的狀態中甦活過來，並且催促那些遭受羞辱的同車旅客趕快去警察局揭發那些外國士兵的惡劣行徑。有位擔任小學教師的乘客鎖定了那名大學生：小學教師陪對方下車，陪他走回家裡，無論如何要探知他的姓名，以便公諸社會，讓輿論譴責那群外國士兵。但故事只在這兩個人一陣爆發的恨意後落幕。這是一篇引人深思的了不起作品，裡面的主題包括怯懦、害羞以及表面上是愛好正義但私底下卻是虐待狂的心態……我提起這則短篇小說為的是想探討：那些外國士兵是誰？當然，作者指的應該是第二次世界大戰後占領日本的美國士兵。為什麼作者只提到「日本」旅客，卻不指出士兵們的國籍？是政治上的考量？是作者個人風格？不是。我們不妨想像，要是這篇作品裡從頭到尾時時提著「日本」旅客和「美國」士兵發生衝突還得了！如果明文寫出「美國」，那麼這個力道萬鈞的詞便會使這篇作品淪為政治文章，變成指控占領者的文章。只要去掉「美國」二字，那麼文章的政治意味便大大淡化，而重點便集中在引發小說家興趣的主要謎面，即「人類存在的謎」。

歷史本身所涵蓋的那些運動、戰爭、革命、反革命、國族承受的羞辱如果作為描述、譴責或者詮釋的標的，那是引不起小說家興趣的。小說家可不是歷史學者的跟班；如果歷史能讓小說家著迷，那是因為歷史像一具探照燈，在人類存有的四周向它投射光芒，照出出人意表的可能性。這些可能性在太平盛世時代，在歷史停滯不前的時代不會實現，因此也就看不出來、不為大家所知。

會思考的小說

要求小說家要「專注於重要本質」（專注於「唯有小說才能說清楚」的事情）的期許會不會落人口實？因為有些人認為作者的思考以小說形式的觀點來看，根本是異質的東西。事實上，一個小說家如果必須乞靈於小說固有方法以外的東西，那些嚴格來講屬於哲學或者專門學問領域的東西，這會不會是個作者無力做為百分之百小說家，所以才不務正業的徵兆？是他弱點的暴露？還有，那些中斷敘述，外加進來的思考成分會不會將人物的行動變成附會作者命題的插圖？還有，小說藝術如果為了呈現人性真理的相對性，會不會強求作家將自己的意見遮掩起來，並將思考反省的權利只交在讀者手裡？

布洛赫和穆西勒的回答再清楚不過了：他們透過一扇敞開的大門，將思考的成分引進小說裡面，這是前無古人的創新手法。《夢遊者》裡面那篇名叫〈價值觀的崩解〉（La dégradation des valeurs）的評論（在三部曲第三本小說裡花去散見全書共十章的篇幅）正是一連串的分析、沉思以及格言警句，對象是三十年間歐洲精神生活的情況；我們不可能批評這篇評論和小說的形式格格不入，因為沒有它的剖析，我們不能知道為什麼三位主人翁的命運會碎裂掉，而且沒有它，三本小說如何連成一氣？將來我還是會一再強調：在一本小說於知識層面上加入如此嚴肅的思考，並且以漂亮的、音樂性的方式讓它成為這本小說不可分割的一部分，這正是現代藝術時代中，一位小說家最膽敢創新的地方。

不過在我眼裡還有更重要的東西：在這兩位維也納籍小說家的作品裡，思考反省不再被當成例外偶發的成分或是打斷敘述的異物；我們很難把它稱為

「離題」，因為在這類「會思考的小說」中，它「不停地」出現，甚至在小說家敘述一個動作或是描寫一張臉的時候都有可能。托爾斯泰和喬哀斯讓我們聽到在安娜．卡列尼娜或者莫利．布魯姆腦際閃過的句子；而穆西勒在觀察雷翁．費雪勒（Léon Fischel）以及他在夜間的所做所為之後，乾脆直接把他的想法告訴讀者：「夫妻的臥房裡不點燈的漆黑時刻，做丈夫的會覺得自己像個演員，站在舞台上，面對舞台下他看不見的觀眾，飾演一個合算的主人翁角色，這個角色雖然有點陳舊，但畢竟能讓人聯想起吼叫的獅子。可是，幾年以來，雷翁眼前那些在暗處的觀眾卻對他的演出，既不給予哪怕是最疏落的掌聲，而且也沒有任何非難指責的意思。我們不妨說，面對這種現象，神經再粗的人都會受不了的。早上用餐的時候克萊夢汀（Clémentine）整個人僵得好像凍硬了的死屍，這令雷翁不寒而慄。他們的女兒潔兒妲（Gerda）每次都察覺這種現象，於是她懷著恐懼和厭惡，把婚姻生活想像成一場野貓在夜裡的廝鬥。」這就是穆西勒「深入事物精神」的地方，也就是費雪勒夫妻「性生活的意象」，便照亮了那對夫妻現在和過去在性生活上互動的情況，甚至他們女兒將來的生命軌跡。

我們要強調：小說裡的思考，就像布洛赫或是穆西勒引進現代小說美學裡的那種手法，是和哲學家或者科學家的思考沒有關聯的。我可以說，這種思考是故意「非哲學式」，甚至是「反哲學式」的，換句話說，完全不受制於任何預設的理念系統；這種思考並不負責審判，也不斷言什麼才是真理；只是詢問，只是驚訝，只是探索；它的形式多到不可勝數：隱喻性的、諷刺性的、假設性的、誇張性的、格言警句性的、滑稽的、挑釁的、奇幻的；值得注意的是，它從不偏離角色生活的神奇領域；供給這種思想養分、證明它合理妥當的，正是角色們的生活。

烏爾利須在一個盛大遊行的日子來到萊恩斯朵夫公爵的部長辦公室。遊行？抗議什麼？這個細節是有交代，但只占次要地位；首要的是遊行這個現象本身：在街上遊行意味什麼？這個二十世紀典型症候的群眾運動是何涵義？烏爾利須一副不可置信的樣子看著窗外抗議的人；及至來到宮殿腳下，群眾將臉仰起，看得到他們那憤怒的表情。男人們將手裡的枴杖擎舉起來，可是「才幾步遠的地方，在街道的轉角處，大部分示威的人已開始卸妝；在旁觀者看不到的地方如果還要裝出咄咄逼人的樣子未免太荒謬了。」經過這個絕妙的暗喻點明，原來示威抗議的人並不是怒氣沖沖的人；他們只是表現憤怒的「演員」罷了！表演一旦結束，他們便匆匆急著「卸裝」！在政治學者尚未將遊行示威當作他們喜愛研究主題以前，而且是很早以前，這種「表演的社會」就已經被以放射線徹底檢查過了。檢查它的是一名小說家，因為他能「迅速而且聰明地洞悉」（費爾汀語）一種情況的本質是什麼。

《無用之人》真是對它所處世界之一本無可比擬的百科全書，講人生的百科全書。每次我想讀這本書的時候，我都習慣隨意翻開，哪一頁都好，也不去管上文下文會是什麼；就算「故事」（Story）還在，它也是進展緩慢，毫不愛出鋒頭，完全無意將讀者的注意力吸引到它身上；每一篇章自身都構成令人驚奇的理由，因為每一篇章都是一項發現。思考儘管無處不在，但不至於減損小說的小說特徵；思考豐富了小說的形式，並且不可限量地開拓了所謂「唯有小說能發現和述說」的範圍。

「似假似真」這條疆界不再受人監視

二十世紀的小說天空閃爍著兩顆熠熠明星；其一是超現實主義，因它鼓吹夢和現實融合起來，這是充滿魔力的呼喚；其二則是存在主義。卡夫卡可惜死得太早，不然就有緣見識這兩股潮流的作家以及訴求。然而，值得注意的是，他所寫的小說已經預示這兩股新的美學趨勢。另外，更可觀的是，他的小說將上述兩股趨勢連接起來，並將其呈現在同一視界裡面。

當巴爾札克、福婁拜或普魯斯特想要描繪某個個體在某個實際社會階層裡的行為時，所有違反似真性原則的手法都會變得極不適切，而且從美學的角度來看變得甚不協調；可是，如果小說家將焦點放在「存有」這個問題系統上的時候，為讀者創造似真世界就不再是非得不可的事。作者就能不必太在意那個供應相呼應細節、描述以及動機的架構，那個應該負責維持現實假象的架構。而且，在某些特例中，作者故意將角色置於似假似真性的情境裡，這種手法甚至比較有利。

卡夫卡跨越這條鴻溝以後，「似真似假」的邊界自此再也沒有布置警力，沒有海關或檢查哨，門戶自此永遠洞開。這是小說歷史上一個了不起的時刻，不過為了避免曲解它的含意，我要預先說明：十九世紀德國的浪漫主義作家絕對不是這種新潮流的先驅。他們那奇幻的想像力其實另有其他含意。這種想像力從實際生命中被引用，於是開始尋覓另一種生命；它和小說藝術其實毫無關聯。卡夫卡不是浪漫主義作家，也不特別鍾愛諾伐利斯[41]、提克[42]、阿爾尼姆[43]、霍夫曼[44]等人的作品。崇拜阿爾尼姆的人是超現實主義的布賀東，不是卡夫卡。卡夫卡在年輕時代曾和好友布羅德以法文原文熱切地閱讀福婁拜的作品，並且研究這位作者。福婁拜這位偉大的觀察者才是他師承的對象。

大家如果越仔細、越鍥而不捨地觀察一件現實的事，就越能明白，其實這現實根本不符合常人對它既有的刻板印象。在卡夫卡長時期的觀察下，現實

41. Novalis，德國浪漫主義作家，一七七二～一八〇一年。
42. Tieck，德國浪漫主義作家，一七七三～一八五三年。
43. Arnim，德國浪漫主義作家，一七八一～一八三一年。
44. E.T.A. Hoffmann，法國作家兼作曲家，一七七六～一八二二年。

越來越顯荒謬，也就是不合乎邏輯，也就等於似假似真的。卡夫卡長時間以熱切的目光注視著這現實的世界。這個習慣引導了卡夫卡以及在他之後的偉大小說作家超越了似真性的疆界。

愛因斯坦和卡爾・羅斯曼

我不知道該以何種字眼（玩笑、軼聞趣事、滑稽故事）來形容以前流行於布拉格，而且對我啟發良多的那種極短篇的滑稽故事。以政治為主題的笑話。以猶太人為主題的笑話。以鄉下人為主題的笑話。還有關於醫生的。還有一種奇特形式的玩笑，對象是冒失輕率的教師，而且（我不知道為什麼）身邊總帶一把雨傘。

在布拉格大學裡，愛因斯坦剛剛下課（沒錯，他曾在那裡教過一段時間的書），正準備走出教室的時候，有學生叫道：「教授先生，傘記得拿，外頭正下雨哪！」愛因斯坦若有所思地看著自己忘在教室角落的雨傘，然後回答學生道：「這位同學，你也知道，我常把傘忘掉，所以我才會準備兩把。一把放在家裡，另一把就擺在學校裡。當然，我也可以帶走這把，畢竟，你說得好，外頭正下著雨。可是這樣一來，家裡豈不就有兩把傘，而這裡卻一把都沒有了。」說完這話，他就冒雨走出去了。

卡夫卡的《美國》才一開始便是相同的雨傘主題，一把既占地方、又令人困窘，而且動不動就遺失的傘；卡爾．羅斯曼在你推我擠的人群裡帶著一只沉重的皮箱，從紐約港一艘汽輪裡走下來。突然，他想到把自己的傘忘在船艙。於是他將行李交代給這次在船上所認識的一名年輕人，請他暫時保管。由於在他身後的通道已被人群堵住，他只好胡亂找了一道樓梯便走下去，結果迷失在錯綜複雜的走廊裡；最後，他隨意敲了一間艙房的門，開門的是一個男的，一個水手。但是這個水手立刻向他抱怨起自己的頂頭上司；因為這番談話沒完沒了，為了讓談話對象舒服一些，水手便邀請卡爾躺上空著的臥舖。

這種情況從心理的角度來看是不可能發生的。我們一聽就知道作者說的故事絕對不是真的！這是一個玩笑，當然，玩笑到了最後，卡爾既沒拿回雨傘，連行李也不見了！沒錯，這只不過是個玩笑；只是卡夫卡不用一般人說玩笑話的方法說這個笑話；他花許多工夫去鋪展它，鉅細靡遺地解釋每一個動作，以便讓這每一個動作增加心理上的可信度；卡爾費力爬上臥鋪的樣子，加上他因困窘，只能對自己的笨手拙腳發出幾聲乾笑；花了好長的時間討論水手所受的各種屈辱之後，卡爾突然好像恢復清醒似地說道，自己最好「趕快去找回行李，而不是杵在那裡給人拿主意……」。卡夫卡為似真似假的情境戴上似真的面具，這個手法讓這本小說（還有他所有其他的小說）呈現出一種別人模仿不來的神奇魅力。

玩笑頌

玩笑、軼聞趣事、滑稽故事；這些都是極佳的證明，證明對現實的敏銳感受和那在似假似真地域裡冒險挺進的想像力原來可以構成完美的組合。帕紐朱苦無可以結婚的對象。不過，他的個性是愛邏輯的、講理論的、有系統的、深謀遠慮的，於是他決定要立刻一勞永逸解決一個他生命裡的基本問題：他到底該不該結婚？他請教了一個又一個的專家，從哲學家請教到法律學家，從預言家請教到占星師，從詩人請教到神學家，經過長時間的尋尋覓覓之後，他確定知道一件事情：這個問題沒有答案。整部《第三冊》就在描述這件不具似真性的事件。這個玩笑。只是它披上拉伯雷當時各門學問的外衣，將這個玩笑轉換成一段丑味十足的長途旅行。（這點讓我想到：三百年後，《布瓦和貝庫薛》的內容也是一場拉長了的玩笑，成為穿越當代學問的一趟旅行。）

塞萬提斯動筆寫《唐吉訶德》第二部分的時候，第一部分已經出版而且已經享譽數年之久。這種情勢突然在他腦中放進一個令人讚嘆的念頭：唐吉訶德所遇見的人物都在唐吉訶德的身上認出是他們讀過的書裡面所提起的英雄；他們於是和他討論起他以前所經歷過的冒險，同時讓他有機會為自己的文學形象做出評論。當然，那是不可能的事！純粹是奇想！是玩笑！

突然，有一件出人意表的事震撼了塞萬提斯：另外一位作者，一個不知名的人，搶在他前面出版了唐吉訶德的冒險續集。塞萬提斯怒不可遏，於是在自己正在寫的第二部分裡加上對那位無名作者的兇狠辱罵。不過，他立刻懂得如何利用這件令他嘔氣的事，因為他就從這件事出發，再創造出另一個奇幻情節：經歷所有冒險過程中不順遂的事情後，唐吉訶德以及桑卓是既疲憊又悲傷，只能上路踅返他們的村莊。這時，他們結識了一位叫阿爾瓦羅（Alvaro）的大人物，也就是該死的剽竊慣犯；阿爾瓦羅一聽見他們的名字便驚訝得不得了，因為他所熟悉的是一個完全不同的唐吉訶德和一個完全不同的桑卓！這次相遇是在小說結束前的幾頁才發生的：當角色和自己的幻影面對面時，那是多麼令人倉皇的事情；所有事物的虛假一面最後得到了證明。那是最後一個玩笑的慘淡月光，是道別的玩笑。

在龔布洛維次的《費爾迪杜克》中，品柯（Pimko）老師決定要將三十來歲的糾糾（Jojo）變成十六歲的少年。所用的辦法就是強迫他每天坐在高中教堂裡的板凳上，讓他混在一群高中學生裡面。這種鬧劇式的情況裡面其實暗藏了一個實際上非常深刻的問題：如果大家以對待小毛頭的方式對待一個成年人，那麼這個成人最後會不會喪失對自己實際年齡的認知？更一般性的層面：

一個人會不會變成別人看待他對待他的那個樣子，或者不管一切不利的條件，他還能鼓起足夠的力量來保持自己的認同？

將小說建立在一個軼聞趣事上，建立在一個玩笑上，這種風格在龔布洛維次讀者的眼中會不會像是現代主義者的挑釁？說得沒錯：正是一個絕佳的例子。然而，這種挑釁其實由來已久，就在小說藝術對自己的認同，對自己的名稱都還處於猶豫階段的時代。費爾汀稱呼它為「散文─滑稽─史詩式的寫作」；我們要把這個定義一直擱在心裡：「如果當初小說像個躺在搖籃裡的嬰兒，那麼就有散文、滑稽、史詩三位神秘仙女彎腰去探視他。」是的，滑稽便是其中一位。

從龔布洛維次的工作室看待小說的歷史

小說家談小說藝術，並不像大學教授在講台上講課那樣。我們不妨想像，他好像一位畫家在自己的工作室接待你，而四周堆滿靠牆豎立的畫作，好像每張畫作都睜大眼睛看著你似的。他會向你提起他自己，但更常提到別的作家以及這些作家令他激賞的作品，而且這些作品暗中影響了他的寫作風格。根據他的價值觀準則，他在你面前重新塑造了小說史過去的全部歷史，並且從這點出發，讓你猜出他自己的小說美學。而這套美學只隸屬於他，因此自然而然也與其他作家的美學體系大相逕庭。因此，你會生出一種印象，覺得自己滿懷驚訝地走下歷史這艘船的底艙。在那裡面正是小說的「未來」正要做決定、正要改變、正要成形的地方，然而必須透過爭執、衝突以及對立才能達成目的。

一九五三年，維托爾德．龔布洛維次在自己《日記》的第一年（他從該年開始，一直到他過世為止，總共寫了十六年）裡引述一位讀者的信說道：「千萬記住別評論你自己的作品！只管寫作就是！真可惜啊，有時你禁不住別人激你一激便為自己的作品作序，除了作序還寫評論！」對於這個意見，龔布洛維次回答說道，自己將「竭盡所能，不管多麼費力費時」也要說明他的反對立場。因為一個沒有能力談論自己創作的人絕不能算是一個「完整的作家」。就讓我們稍在龔布洛維次的工作室裡勾留一下。下列就列舉他所喜愛以及排斥

MiLaN
KUNDERA

的作品名單。而這也是他「小說歷史的個人版本」：

首先，他最喜歡拉伯雷。（以高康大和龐大固埃為主角的那幾冊都寫成於歐洲小說還處於萌芽階段的時期，遠離所有的規矩原則很遠的時期。這些小說充滿了各種可能性，有些被未來的小說歷史發揚光大，有些則被它捨棄不用。不過，那些可能性都是我們靈感的源頭，好像是非真實領域裡的漫步，是智識上的挑釁，是形式上的自由。）貢布洛維次對拉伯雷的高度好感透露了他所認為的現代主義的意義：他並不排拒小說的傳統，而是反過來要求得到，不但得到還要「全部」得到。他對於小說起源那個神奇時代灌注特別多的注意力。

他對巴爾札克的態度算是不太在乎。（他抗拒巴爾札克的小說美學，那面被高高豎起，當作小說模範典型的旗幟。）

他喜歡波德萊爾。（他支持現代詩的革命。）

普魯斯特並不怎麼吸引他。（十字路口：普魯斯特把一趟壯觀的旅程一路走到底，而且試盡了各種可能性；貢布洛維次一心一意追求新穎，因此只能另走別的路。）

他作品的風格和當代幾乎所有小說家作品的風格都不類似。（小說家在閱讀的習慣中經常都有我們意想不到的遺漏：龔布洛維次從沒讀過布洛赫和穆西勒；又因為卡夫卡幾乎被一些趕時髦、炫耀高雅的人壟斷了，所以他對卡夫卡也沒有特殊偏好。他和拉丁美洲的文學意氣完全沒有相投；他嘲笑波赫士[45]，因為對他的品味來講，那個作者太矯飾做作。所以他僑居在阿根廷的時候可以說是完全孤立的。當地的文學大家只有恩內斯妥．沙巴托[46]對他感到興趣，他也回敬對方的賞識。）

他不喜歡十九世紀的波蘭文學（在他看來，浪漫主義的味道太濃厚了）。整體而言，他對祖國波蘭的文學採取保留的態度。（他覺得波蘭同胞不欣賞他；可是，他的態度保留並不是說他有什麼怨憤不滿，只是說他很擔憂自己被鎖進「小背景」的狹隘空間裡。他評論波蘭詩人杜威姆〔Tuwim〕時說道：「他的詩每一首個別來看，我們都可以說它『神奇』，可是，如果深究下去，杜威姆的詩到底給世界詩壇注入什麼新的成分，那我們就不知道如何回答是好了。」）

他偏愛二〇和三〇年代的前衛作家。（雖然他對這些作家「進步主義」的意義形態，對他們那「親現代」的現代主義抱持懷疑的態度，不過他畢竟和他們相同，渴望新的藝術形式和自由的想像力。他對年輕作家的建議是：先寫個二十頁，先不要去管內容合不合理，最後再回過頭來用最苛刻的態度來重讀自己的文章，保持住根本重要的東西，並且順著這種風格繼續下去。此舉好比他要將一匹叫做「迷醉」的野馬同一匹叫做「清醒」的馴馬一併套上小說這一架車。）

他瞧不起「政治傾向的文學」。（有件事很值得一提：對於將文學作為反資本主義鬥爭工具的那些作家，龔布洛維次很少厲言相向。對他而言，「政治傾向文學」的作者是那些在共產波蘭時代被禁的，高擎反共主義大旗大聲吶喊的作家。從《日記》的第一年開始，他就指責那些作家太講善惡二元，將事情簡單化了。）

45. Borges，阿根廷作家，一八九九～一九八六年。
46. Ernesto Sabato，阿根廷小說家及隨筆作家，一九一一年。

他不喜歡法國五〇和六〇年代的前衛文壇，尤其是「新小說」和「新批評」（羅蘭．巴特）。（對於新小說他的評語是：「太貧乏了。太單調了……唯我論的，像手淫的……」對於新批評他又說道：「越博學的就越愚蠢。」這批新潮的前衛主義者將作家的道路引入一個進退維谷的地域，這是他最反感的：要麼就是自命不凡、自以為是的「現代主義」〔他覺得這種「現代主義」只在賣弄辭藻，關在大學象牙塔裡，和教條沒有兩樣，和現實完全脫節了〕，不然就是傳統藝術，無止盡地複製相同的形式。在龔布洛維次的眼裡，現代主義意味著：在「繼承來的路線中」不斷發現新的東西。只要小說「繼承來的路線還在的話」。）

另外一片大陸

那時，蘇聯軍隊占領捷克斯洛伐克已經三個月了。蘇聯還沒有辦法控制活在焦慮中的捷克社會。雖說活在焦慮裡，不過大家還能享受只剩幾個月的自由；作家聯盟雖被指控成反革命的巢穴，卻一直還能保有會址，編輯雜誌，接待它的賓客。當年，就在聯盟的出面之下，將三位拉丁美洲的作家請到布拉格來。這三位作家是柯達薩、馬奎斯（Gabriel García Márquez）和富安蒂斯。他們都以作家的身分，儘可能低調地來到捷克。只為看看，只為瞭解。只為替他們的捷克同行打氣。我和他們一起度過難忘的一個星期。後來大家結成了好友。也是在他們離開後，我才得以讀到捷克文譯本校樣的《百年孤寂》。

我想到超現實主義對小說藝術那不留情面的苛責，將小說貶抑為沒有詩意的文類，說它沒將空間留給自由的想像力。可是賈西亞．馬奎斯的小說本質就是自由的想像力。是我認識的作品中數一數二有詩意的。每個句子都迸射出幻奇，每個句子都飽含令人驚奇和訝異的成分；是對《超現實主義宣言》裡反小說言論最有力的反擊（可是同時又是對超現實主義作崇高的致敬，向它給予世人的靈感、向它主導整個世紀的清新潮流致敬）。

這也證明了一件事情：詩意和抒情並不是相近的觀念，而是兩個應該劃清界線，一在東一在西的觀念。因為賈西亞．馬奎斯的詩意和抒情無涉，他不做自白，不將靈魂敞開給人觀看，而且只醉心於客觀現實的世界，只是他將這個世界抬舉到一個前所未有的地位。在那裡面並存著現實的、似假似真的和魔力的成分。

更值得注意的是：十九世紀所有偉大的小說都把「場景」當作小說架構最基礎的成分。可是賈西亞．馬奎斯的小說卻走上另外完全相反的方向：在《百年孤寂》這作品裡根本不見場景！場景在作者令人迷醉的一波波敘述中被瓦解稀釋掉了。我在其他地方根本沒有見識過這種寫作風格。好比他的小說又回溯到前幾個世紀，讓人重新看到一位什麼都不描繪，只管敘述的作家，但是敘述當中到處都是自由幻奇的成分，這點則是小說史上前所未見的。

銀橋

在布拉格和那幾位拉丁美洲作家會面後的數年之後，我也遷居到法國，而卡洛斯．富安蒂斯也出任墨西哥駐法國大使一職。那時我住在布列塔尼半島的雷恩市（Rennes），不過每次來巴黎的時候，一定住在他家，住在大使館頂樓有複折屋頂的房間。和他一起吃早餐的時候，我們在餐桌上一聊就聊個沒完。突然，出其不意的，我發現我的中歐和拉丁美洲居然是兩個如此類似的鄰居：兩地都是「西方」（Occident）這座大森林的邊緣地帶，但是地理位置卻各據天涯兩邊；是兩片被忽略的、被輕視的、被遺棄的土地，是兩處「賤民階級」的土地；同是這世界上最受巴洛克那創傷性經驗烙印最深刻的兩處地方。我說「創傷性」的，那是因為巴洛克文化是以征服者的身分來到拉丁美洲的，而這股潮流也是隨著血腥味特別濃的反宗教革命勢力侵入我祖國的，因此才讓布羅德以「惡之城」的綽號來稱呼布拉格；中歐和拉丁美洲是世界上同時見識了美和惡神秘結合的兩個地區。

我們談著談著，而一道銀光閃耀的、輕盈的、微微顫動的橋就像彩虹一樣，便在塵世間矗立起來，連著了我那小小的中歐以及那廣袤的拉丁美洲；這道橋樑連接了布拉格馬提雅斯・布勞恩（Matyas Braun）的雕像以及墨西哥那式樣瑰奇的教堂。

我又想到我們各自的祖國還有另一項極相似的地方：中歐和拉丁美洲在二十世紀小說的演進史中都占了關鍵性的地位：首先，二〇和三〇年代的中歐小說家們（卡洛斯向我提起了布洛赫的《夢遊者》，直讚美那是整個世紀最了不起的小說）；接著，二、三十年後就輪到我同時代那些拉丁美洲小說家揚眉吐氣了。

有一天，我發現了恩內斯妥．沙巴托的小說；在《毀滅天使》（L'Ange exterminateur，一九七四年）裡面充滿了作者個人的深思，風格可比以前那兩位偉大的維也納小說家。他在小說的本文裡面提到：在現代這個被哲學離棄的世界裡，在這個被數以百計的科學分科領域弄得支離破碎的世界裡，小說成為我們最後一個觀察孔，從這裡我們還可以將人類生命當作一個完整的全體來看待。

在他之前的半個世紀，在地球的另外一邊（銀橋不停歇地在我的頭上顫動），布洛赫的《夢遊者》、穆西勒的《無用之人》也曾表達相同思想。在超現實主義者將詩歌抬舉成各門藝術之首時，他們卻將這個榮耀的頭銜頒給了小說。

第四部

何謂
小說家？

想要了解，就得比較

赫曼・布洛赫想要觀察某個角色的時候，他會先抓住他的基本態度，然後才循序漸進，慢慢處理他比較獨特的地方。他從抽象出發再入具體。艾許是《夢遊者》裡第二本小說的主角。據布洛赫說，這角色的本質是個叛逆的人。什麼叫做叛逆？布洛赫又言，了解一個現象最好的方法就是將它加以比較。布洛赫便拿叛逆和罪犯來做比較。什麼又叫罪犯？罪犯就是保守分子，他依賴現有的秩序而且想在裡面安身立命，而且把自己幹下的竊盜和詐欺當作一種職業，這職業使他和別人一樣成為一位公民。相反地，一個叛逆的人則想摧毀既有的秩序，讓那秩序服從於自己的掌握。艾許不是罪犯。艾許是個叛逆的人。布洛赫又說，就像馬丁・路德也很叛逆一樣。我為什麼要提艾許？令我感興趣的明明是寫這個角色的小說家呀！他，又該拿誰來和他比較呢？

詩人和小說家

要拿誰來比擬這位小說家？抒情詩人。黑格爾曾說過：抒情詩的內容就是詩人本身；他將發言權交付給自己的內心世界，為的是想喚醒聽眾自己所感受的情愫以及靈魂狀態。就算詩作處理的是「客觀的」主題，是生命外部的現象，「一位偉大的抒情詩人也很快會避開，結果呈現出來的還是描述自己的一幅肖像」。

音樂和詩歌有個比繪畫占優勢的地方：那就是黑格爾口中的「抒情成分」（das Lyrische）。接著他又說道：在抒情的成分裡，音樂能夠比詩歌再往前走一步，因為它能夠抓住內心世界最隱密的起伏，這些起伏是言語到達不了的。所以，世界上存在一種藝術（也就是音樂），它比抒情詩更具抒情成分。我們可以下結論道：抒情成分並不只局限於文學裡的某種特別文類（抒情詩歌），它只是呈現一種存有的方式。從這個角度來看，抒情詩人也只是一個對自己靈魂感到目眩神迷，並且想要讓它形之於語音的人。

長期以來，「年輕」對我而言便是「抒情歲月」，也就是說，是個體幾乎可以完全將重心放在自我身上，但也無法看清楚、聽清楚周圍的年紀，沒有辦法對這世界做出判斷的年紀。如果從這假設出發（難免過度簡化，不過作為示意用途我認為還算合理），那從不成熟過渡到成熟可以說是走出了抒情態度。

如果我們把一位小說家的起始看成一篇典範的敘述，一種「神話」，那麼這種起始在我看來好比一個「蛻變的故事」：掃羅變成保羅；小說家是從自己抒情世界的廢墟上生出來的。

蛻變的故事

我從書架上取下《包法利夫人》，那是一九七二年的袖珍本。正文前面有兩篇序，一篇是作家蒙戴爾朗[47]寫的，另外一篇則出自文評家巴爾代施（Maurice Bardèche）之手。這兩個人都認為雖然占據了這部偉大作品華廈的候見室，比較有品味的做法還是和它保持一定距離。蒙戴爾朗說：「沒有才智，沒有思想創見、文體缺乏歡快，對於人心沒有出人意表、深刻的探索，沒有與眾不同的神來之筆，沒有出類拔萃之處，沒有幽默風趣；福婁拜缺乏天賦的程度叫人無法想像。」接著他又評論道：「毫無疑問，我們可以從他那裡學到一些東西，可是前提是，我們不要把他不具備的特質加在他身上，而且我們要認清楚，他不是拉辛、聖西蒙[48]、夏托布里昂或者密須雷（Michelet）那種料子。」

巴爾代施的文章也附和了這種宣判，並且敘述了福婁拜做為小說家發跡的經過：一八四八年九月二十七歲那年，他向一小群朋友朗讀了《聖安托安的誘惑》（La Tentation de Saint Antoine），他那篇「偉大的浪漫主義散文」。在這篇散文裡（我一直是引用巴爾代施的說法），他「放進所有心力，放進一切雄心」，所有他的「偉大思想」。但是大家一致認為那部作品平庸無奇，他的朋友勸他擺脫「浪漫主義式的奔放」以及「抒情的衝動」。這話被福婁拜聽

47. Henri de Montherlant，法國小說家兼戲劇作家，一八九五～一九七二年。
48. Saint Simon，法國回憶錄作家，一六七五～一七五五年。

進去而且服從了。結果三年以後，一八五一年九月，他開始寫作《包法利夫人》。根據巴爾代施的說法，這本書他寫來「索然無味」，好像是在「悔罪補贖」，在信中對它不停「咒罵並且發出呻吟」：「《包法利》使我厭煩透頂，讓我無聊死了，其主題的粗鄙令我作嘔」等等。

福婁拜居然會在不情願的情況下違背自己的本意、放棄自己的雄圖，一切只為了屈從於他朋友們的意志。這種說法在我看來是極不可能的。不是的，巴爾代施所敘述的並非一個自我毀滅的故事。那只是一個關於蛻變的故事。那時福婁拜已經三十歲了，是必須從抒情的繭殼裡突破出來的時候了。就算他抱怨自己筆下的人物平庸無奇，那也是他該付出的代價，因為他的小說藝術開始把人生這散文當作他探索的場域。

滑稽的溫和微光

在《情感教育》一書中，弗雷德利克在自己心儀對象阿爾努夫人

（Arnoux）的身旁。整晚一起度過社交的場合之後，在鏡子前面站定身子。我引原文：「他覺得自己很傻，並且花了一分鐘來端詳自己。」

「一分鐘。」在這個精準的時間度量單位裡，充滿了場景的巨大張力。他停下來，他端詳自己，他覺得自己很是俊美。時間長達一分鐘之久。動也不動。他戀愛了，可是卻沒有想到他所愛的對象，只對自己的外表感到目眩神迷。他注視著鏡中的自己。可是他並沒注意到自己正出神看著鏡中的自己（不像福婁拜觀察他那樣）。他閉鎖在自己抒情的自我裡面，而且渾然不察那滑稽的溫和微光已然籠罩在他還有他那段愛情的身上。

反抒情的蛻變其實是小說家生命經歷裡最根本的經驗；此時，他遠遠離開自己，從遙遠的地方觀看自己，對於自己竟然和他想像中的自己很不一樣而感吃驚。在這種經驗之後，他知道一個人絕不像他自己想像中的那樣。同時他也領略，這種認知的誤差是廣泛的、基本的，而且會在人們身上（比方弗雷德利克直挺挺站在鏡子前面一樣）投射滑稽的溫和微光（而這道滑稽的微光突然被意識到了，算是他蛻變後寶貴但又隱密的報償）。

在故事快結束的時候，艾瑪．包法利遭銀行的人打發走了以後，被情夫雷翁遺棄之後，獨自登上馬車。在打開的馬車車門前面，有個乞丐「發出震耳欲聾的嘶叫」。這時，她往對方的肩膀上方扔出一個五法郎的硬幣。這是她所有的財產。「在她看來，這樣扔錢是很美的」。

五法郎真的是她所有的財產了。她可說是山窮水盡。上面那個被我放在引號裡的句子顯示了被福婁拜看得真切，而艾瑪自己卻渾然不知的行為：她不僅做了一個慷慨的舉動，而且因為如此做「而覺得高興」；就算在這不折不扣的絕望境地中，她還不忘站在美的立場，天真地為自己展示那個扔錢動作。一道溫和的諷刺亮光再沒離開過她，即使那個時刻她即將步入死地。

撕破了的簾幕

世界上方懸掛著一張由傳說編織而成的神奇簾幕。塞萬提斯將唐吉訶德送上旅途，這時，他將簾幕給撕破了。在這個流浪騎士的眼前，平凡世界的滑稽便赤裸裸呈現出來了。

好比一個女人在匆匆趕赴自己第一場約會前趕快將自己打扮起來似的，世界在我們呱呱墜地的那一刻也忙不迭地趕到我們面前，但已化妝好了，戴上面具，「事先被詮釋停當」。受欺瞞的不僅只有保守分子而已，也包括叛逆分子。叛逆分子儘管隨著反對一切，反對所有的人，但他們從來沒有察覺，自己服從到什麼地步；他們反抗的是那些已被詮釋了的（事先被詮釋停當了的），好像只有這些東西才配對它進行反叛。

德拉克洛瓦有幅名畫叫做〈引領人民的自由女神〉。其實作者是從事先被詮釋停當的簾幕做一番再現罷了：一個站在路障街壘上的女性，表情嚴肅，前胸裸露讓人望之生怯；在她身邊有個手裡拿槍的小毛頭。我不愛這畫也沒有用，如果你要把它從偉大作品的行列剔除出去，人家恐怕會認為是荒謬的舉動。

可是，如果一本小說套用那種傳統的肢體語言，那種用爛了的象徵，那麼一定無法在小說史上立足的。畢竟塞萬提斯正是因為撕破了預先詮釋的簾幕才讓小說這門新藝術發展起來的；他那具有摧毀力道的動作表示、延續在每一本值得稱呼為小說的作品裡；這就是「小說藝術可供辨認的記號」。

榮耀

尤涅斯柯曾經寫過一本反對雨果的小冊子。這本小冊子名為《雨果幫》（Hugoliade）。那時他才二十六歲，還住在羅馬尼亞。他寫道：「名人傳記的特色就是：他們意欲出名。所有人的傳記其特色則是：他們不願出名，或者他們沒有想過出名。（……）一個出名的人是教人作嘔的……」

讓我們精確解讀上面的遣詞用字：一個人如果認識他的人的數目遠遠超過他自己所認識的人的數目，那麼他便是出名了。一位傑出的外科醫師承受別人對他的感恩，但那不是榮耀：因為他並不受普遍群眾的讚美，而是受他的病人，他的同行所稱譽。他活在平衡的狀態中。榮耀是一種不平衡的狀態。有些職業不可避免地必須將它拖在屁股後面走：政治家、模特兒、運動員、藝術家。

藝術家享有的榮耀是所有種類的榮耀中最畸形醜怪的，因為它隱含了

「不朽」的意義。那是一個恐怖的陷阱，因為這種奇怪的、自命不凡的心態，想要在死後永垂不朽的心態和藝術家的正直誠實是分不開的。每一本用誠摯熱情寫成的小說自然而然地期盼自己的美學價值是恆久的，換句話說，希望它的價值能在作者死後繼續留存。寫小說的人如果沒有這份雄心，未免是種淪喪：一個技術中等的鉛管工人對大眾還是頗有用處，但是一個不上不下的小說家，一個刻意生產只有短暫價值的、傳統的、一般作品的小說家卻會讓人瞧不起。因為他所生產的東西沒有用處，徒占文壇空間，所以是有害的。這是小說家的不幸：他的正直誠實居然綁在自大狂這支不光彩的柱子上。

有人殺了我的亞蓓爾汀

伊凡．布拉特尼（Ivan Blatny）年紀長我十歲（現已作古），是我從十四歲開始便傾慕不已的詩人。他寫過好幾本詩集，其中有一本裡面時常出現同樣一個詩句，附帶一個女人的名字：「Albertinko, ty」，意思就是「亞蓓爾汀，妳呀」。這句話當然影射的是普魯斯特筆下的亞蓓爾汀。在我青少年的時代，這個名字在我心裡成為了最有吸引力的女性名字。

在那年代，我對普魯斯特的印象只停留在朋友家裡書架上那一套二十幾冊《追憶似水年華》捷克文譯本的書脊。感謝布拉特尼，由於他的那句「亞蓓爾汀，妳呀」，我有一天便著手閱讀那一套作品。當我念到《戴花少女》那一冊時，普魯斯特筆下的亞蓓爾汀竟然悄悄地和我那詩人筆下的亞蓓爾汀混淆起來。

捷克有許多詩人都很喜歡普魯斯特的作品，不過對於他的生平卻沒有什麼概念。伊凡．布拉特尼也不例外。我本人也是到後來才聽說亞蓓爾汀故事的靈感其實來自一個男人，是普魯斯特的一個愛情對象。那時，我喪失了「美好無知」的特權。

可是，人家說的到底是什麼東西？受這個的啟迪，受那個的影響，亞蓓爾汀就是亞蓓爾汀，這樣就夠了！小說是一種好比鍊金術煉出來的成果，可將男的變成女的，將女的變成男的，糞土化為黃金、軼聞趣事變成泣鬼神的悲劇！這種神聖的鍊金術正是所有小說家的力量所在，也是他藝術的秘密和光彩！

我把亞蓓爾汀當作最難忘之女人的形象結果是枉然的，因為人家私下告訴我，她實際上是根據某個男人的形象造出來的。這個無用的訊息從此盤踞我的腦海，好像電腦的軟體受到病毒侵害。有個男的從此夾在我和亞蓓爾汀之間，攪亂她的意象、破壞她的女性特質，這一刻我想像她有美麗的乳峰，但下一刻我似乎看到她的前胸坦蕩一片，而臉上那層柔嫩皮膚居然長出一把鬍鬚。

有人殺了我的亞蓓爾汀，我想到福婁拜說過的話：「藝術家應該讓後代以為他不曾活過。」深究這句話的含意便是：小說家第一個要捍衛的並非他自己，而是亞蓓爾汀或者阿爾努夫人。

馬塞・普魯斯特的判決

在《追憶似水年華》裡，普魯斯特說得再清楚不過了：「在這本小說裡……沒有哪件事不是編造出來的，……沒有哪個角色是必須由現實世界的人物去對號入座的。」普魯斯特的小說就算和他的人生經驗密切關聯，那也是一種和自傳截然不同的東西，這一點是沒得懷疑的；在他寫作的動機裡完全不存在所謂的「自傳意圖」；他寫小說不是為了談論他的一生，而是讓讀者睜開眼睛觀察他們自己的生命：「進行閱讀活動的每個讀者，都在閱讀他們自己。作家的作品可比一架光學儀器。他將這儀器送給讀者，目的為了要讓他們察覺，沒有這本書，他們可能沒有機會認清自己。讀者常能從書中體會認出一些事情，這就證明書中包含真理……」這些字句並不只定義了普魯斯特的小說；它也定義了整門小說藝術的意義。

實質核心的倫理

巴爾代施以如下的言詞總結了他對《包法利夫人》的判決：「福婁拜辜負了作家的職志！許多崇拜福婁拜的人和你辯到最後總會說道：『唉！可是你大概沒讀過他的書信集，多麼了不起的傑作，所披露的人真教我們著迷！』嚴格說來，這些崇拜他的人已經對他做出判斷。」

我也是，我經常重讀福婁拜的書信集，因為我迫切想要明白他對自己以及別人的藝術到底有何看法。可是書信集就算再如何精采，也絕對不能算是作品，更不可能稱為傑作。所謂的「作品」並非指一個作家寫出來的一切東西，連書信、筆記、日記都涵蓋進去。作品只指「在美學的目的中，一段長時間工作所獲致的成就。」

我還要更深入地說：「作品」就是做總結的時刻來臨時，小說家同意拿出來的東西。因為人生苦短，閱讀卻是長遠的事，而文學又因為許多毫無意義的枝枝節節而走上自殺的路子。每個小說家都應該從自身開始，摒棄次要的東西，時常督促自己、提醒別人什麼是「實質核心的倫理！」

可是不僅只有作者，那成百上千的作者而已，另外還有研究人員，為數眾多的研究人員。指導後者的是另一種完全相反的倫理：他們收集累積一切他們所能找到的東西以便一網打盡，將一切涵蓋進去，這便是他們的終極目標。所謂「一切」便是多到不可勝數的草稿，刪除掉的段落以及作者本人捨棄的章節，但都被研究人員以「校勘本」的形式出版，並冠上「異文」這個誘人誤會的字眼，意思就是：作者所寫的隻字片語都是有價值的，必定都是經他認可的。「實質核心的倫理」於是讓位給「檔案的倫理」。（檔案的理想：在廣大的萬人塚裡面，由溫馨的平等原則作主。）

閱讀是長遠的，而生命卻是短暫的

我和一位朋友談話，他是法國籍的作家；我堅持他一定得讀龔布洛維次。過了一段時間我又遇見他，但他神色困窘地告訴我：「我聽你的建議讀了他的作品，但說真心話，我實在不明白你為什麼那麼偏好他。」「那你讀了什麼？」「《著魔的人》（Les Envoûtés）！」「天哪！為什麼選《著魔的人》？」

《著魔的人》是在龔布洛維次死後方才出版的。這是一本通俗小說，是他年輕的時代用筆名在波蘭一份前衛性的報紙上以連載的方式發表的。他從來沒想過要將它結集成書出版。在他去世前不久出版了他和得胡（Dominique de

Roux）的談話集，書名叫做《遺囑》（Testament）。龔布洛維次在裡面評論了自己所有的作品。「所有的」。一本接著一本。但是對於《著魔的人》卻隻字未提！

我說：「你應該讀《費爾迪杜爾克》！或者《春宮》（La Pornographie）也行！」

對方神色憂鬱地看著我，然後說道：「朋友，我的生命一天短過一天。我特地為你推薦的作者空出時間，如今這些時間已經用完。」

小男孩和他的祖母

史特拉汶斯基因為樂團指揮安塞美（Ansermet）想要在他的芭蕾舞曲《紙牌遊戲》裡面加入一些停頓，便不惜斬斷和對方建立起來的長期友誼，永遠絕交。後來，史特拉汶斯基親自修改自己的作品《管樂交響樂》（Symphonie d'instruments à vent），對內容進行一些更動。安塞美聽到這個消息後相當憤慨；他並不欣賞史特拉汶斯基所做的更動，而且質疑對方是否真有權利改變自己所寫的東西。

在這兩個例子當中，史特拉汶斯基的回答是貼切中肯的：老兄，這干你什麼事！在我的作品裡，你可不要像在你的臥室裡一樣隨便！因為一個作者所創造出來的作品既不屬於他爹也不屬於他娘，既不屬於國家也不屬於全人類，而只屬於作者本人。如果他願意，什麼時候都可以將它出版，也可以更動它，修改它，延長它，縮短它，可以將它扔進馬桶，繩子一拉放水沖掉，即便如此，他也毫不需要向任何人交代。

記得我十九歲那一年，在我土生土長的那個城裡，有一位年輕的大學教授做了一場公開演講；那是共產革命爆發後接下來的幾個月，他順應時代的精神，演講的主題便和藝術的社會責任有關。演講結束之後還有討論；我只記得詩人約瑟夫·凱納爾（Josef Kainar，和布拉特尼同輩，也是前幾年過世的）以一則軼聞趣事來回應那位科學家的演講：有個小男孩帶著他那瞎了眼睛的祖母去散步。他們走在街上，小男孩每隔一會兒便會說道：「奶奶，小心，有樹

MILAN
KUNDERA

根！」老太太以為自己走在森林裡的路上，所以就跳行一步。路人見了便責備小男孩道：「小朋友啊，你怎麼這樣對待你奶奶呢？」可是小男孩回嘴道：「奶奶是我的！我愛怎麼待她就怎麼待她！」最後凱納爾做結論道：「我和自己的詩作正是這種關係。」我永遠不會忘記，在年輕革命分子狐疑眼神的注視下，他勇敢地宣告了作者的權利。

塞萬提斯的判決

塞萬提斯在自己的小說裡曾不厭其煩地列舉出許多本騎士作品。他常常只提書名，因為他認為指出作者的姓名並不一直都有必要。在那時代，對於作者以及作者權力的尊重並非常態。

我們回想起來：在他還沒有完成小說的第二冊時，另有一位姓名至今不明的作者搶在他前面，用假名發表了自己版本的唐吉訶德續集。塞萬提斯的反應和現代作者的反應一模一樣：氣得要命。他言詞犀利地譴責那個剽竊的人，並且驕傲地宣稱：「唐吉訶德只為我而生，而我也只為他而生。他負責行動，我負責寫。他和我只能視為同體……」

塞萬提斯以降，這就是一本小說首要而且根本的特徵：創作是唯一的、不可模仿的，和唯一作者的想像力是分不開的。在塞萬提斯還沒有出版自己的作品以前，沒有人想像得出來唐吉訶德；這個角色甚至是「出乎眾人意料之外的」；如果抹去這個「出乎意料之外」的魅力，那麼很難想像會有什麼偉大的小說人物（也沒有任何偉大的小說）能被創造出來。

小說藝術的誕生是和作者權利意識的發軔以及義無反顧捍衛這種權利的精神密不可分的。小說家是自己作品的唯一主人。那是他的作品。以前並非一直是這樣。將來也未必一直是這樣。但到那時，小說這門塞萬提斯傳下來的藝術也將不存在了。

第五部

審美和生存

審美和生存

人類彼此產生好感或者惡感，覺得彼此可以成為朋友或者不能成為朋友，可是深層的理由究竟為何？《無用之人》裡面，瓦特和克拉莉絲都是烏爾利須的舊識。他們一起在小說中亮相的時候正是烏爾利須走進他們家裡，看見他們四手聯彈鋼琴的那一幕。「這尊偶像五短身材，咧著大嘴，活像牛頭犬和短腿臘腸狗雜交生出來的品種，那個可怕的揚聲器，裡面傳來靈魂的嘶喊，好比一頭發情的公鹿。」在烏爾利須看來，鋼琴是他最憎惡的東西。

這個暗喻清楚說明了烏爾利須和那對男女之間克服不了的猜忌嫌惡。這種猜忌嫌惡沒頭沒腦，根本說不過去，因為它並不起源於任何利益衝突，也不是政治上的、意識形態上的或是宗教上的隔閡所引起的；這種感受如此難以捉摸，那是因為它的根伸得太深，深到人的「審美基礎」；別忘了黑格爾曾說過，音樂是最抒情的藝術；甚至比抒情詩還要抒情。在整本小說裡面，烏爾利須槓上了他朋友們的抒情成分。

後來，克拉莉斯熱中於營救穆斯布魯格（Moosbrugger），因為他行刺人家被判了死罪，而整個社交界都想救他，想到的辦法就是證明他心智喪失，從這裡再證明他的無辜。克拉莉斯不斷向人重複說道：「穆斯布魯格就和音樂一樣。」透過這個不合邏輯的句子（故意不合邏輯，因為抒情的心靈常以不合邏輯的句子向外呈現），她的靈魂向浩瀚的宇宙發出憐憫的叫喊。對於這些叫聲，烏爾利須卻是冷漠以對。倒不是說他眼睜睜期待一個瘋子被判死刑，而是他不能忍受替穆斯布魯格辯護的那群人所表現出來之抒情式的歇斯底里。

審美的概念以前不曾吸引過我，一直等我看出這些概念根植於存有這事實時情況才改變，等我了解到它們是存有意義上的概念時局面才不一樣；因為一個人不管是簡單還是細膩，是聰明還是愚昧，在他們生命的經驗裡總要面對美、醜、喜、悲、抒情、戲劇張力、動作、橫生的枝節、情感宣洩或者一些哲學味道比較不濃的概念，比方「不笑的人」，比方「俗不可耐」或者「粗俗」；這些概念都是通往人生不同面向的路徑，而且唯有通過這些路徑，否則這些面向永遠遙不可及。

行動

史詩藝術是建立在行動上的，而行動可以隨心所欲完全自由發揮出來的年代就是古希臘的英雄時代。這是黑格爾的意見，他同時舉了《伊里亞德》為例：儘管阿加曼農（Agamemnon）是諸王聯軍裡帶頭的，那些國王和王子也只是若即若離地團組在他身邊而已，況且他們個個是自由之身。比方阿奇里斯，他可以隨心所欲抽身離開戰場。人民也是根據自己的自由意志決定和他們的王子同赴前線；沒有任何法律可以逼迫他們就範。決定人們行為的唯有個人的衝動、榮譽感、敬意、在強者面前俯首的感受以及英雄勇氣給人的心動榜樣等等。可以自由參加戰爭，可以自由逃離戰場，這種自由保障了每個人的獨立人格。因此，行動保有了個人的特徵以及詩的形式。

黑格爾將這史詩搖籃的上古社會和他自己所處的世界（那個以國家方式組織起來、擁有憲法、法律、無所不能的行政體系、各種部會、以及警察系統等等的世界）做一番對照比較；這個社會將它的道德倫理原則加在個體身上，因此每一個體的行為便受到許多從外部而來、不知其名的意志力所宰制，個人的人格已經顯得微不足道。小說就是誕生在這樣一個年代裡。上古時代的史詩則不同，它是建立在個人行動上的。在小說裡，行動成為一個廣受討論的焦點，以一個多面向問題的方式呈現出來：如果行動只是服從命令的結果，那麼還算是行動嗎？如何區分行動和慣常性的重複行為？在現代這個一切納入官僚行政體系的世界裡，在這個「行動」的機會已經微乎其微的世界裡，「自由」這個字眼的具體含意究竟是什麼？

詹姆士・喬哀斯和卡夫卡處理了這些問題最極端的情況。喬哀斯用他那具碩大無朋的顯微鏡將日常生活每個細微的動作毫無節制地加以擴大，因此將主人翁布隆（Bloom）原本乏善可陳、極平庸的一天改頭換面成了現代版的《奧狄賽》。K.謀得土地測量員一職後來到一個村落，準備爭取自己能定居當地的權利；可是努力的結果卻令他失望透頂：經過無數的麻煩事之後，他只停留在向無能的村長和他那動不動就打瞌睡的屬下陳情的地步；做事就只有這樣。如果說喬哀斯的《尤里西斯》是現代版的奧狄賽，那麼卡夫卡的《城堡》

便是現代版的《伊里亞德》了。史詩的世界現在已經無法進入，於是只能從它的反面呈現奧狄賽和伊里亞德。

往前走一百五十年，勞倫斯・斯騰恩就已經掌握了「行動」這一概念矛盾性和爭議性都很強的特徵。在《崔斯川・商第》書中，行動所占的分量只是微乎其微；商第父親試圖用左手從自己右邊的口袋裡掏出手帕，同時用右手摘掉頭上的假髮。光這個動作就花掉好幾章的篇幅；斯洛普（Slop）醫師也是耗去好幾章的文字，只為打開那個外科手術工具袋上的許多綁太緊的死結。那些工具是為了替崔斯川接生的。這種動作的缺乏（或者說是動作的袖珍化）是由作者面帶田園抒情式的笑意加以處理的（可是我們在喬哀斯和卡夫卡的臉上看不到這種笑容，所以斯騰恩的笑容是小說史上獨一無二的）。在這笑容背後我看到了全然的憂鬱：行動的人就想征服；征服者會造成失敗者的痛苦；放棄行動是通往幸福和平的唯一道路。

不笑之士

約立克神父身邊充斥「裝模作樣假嚴肅」的人。這位《崔斯川・商第》裡的人物只覺得這不過是種可笑伎倆，「好像一件大衣，將無知和愚蠢遮掩起來。」於是他竭盡所能，專用「幽默好笑」的評論來對抗上述的虛偽態度。但是這種「不謹慎的開玩笑方式」卻是危險的；「十來個精采言詞便為他樹敵百來個人」，最後，有一天約立克神父再也沒有力量抵抗「不笑之士」的報復，於是他「傷透了心」，「將劍扔掉」，死了。沒錯，在敘述約立克神父的故事時，斯騰恩的的確確用了「不笑之士」（agélastes）一詞。這是個法國小說家拉伯雷造出來的新詞，字源是希臘文，專指那些不懂該如何笑的人。據說拉伯雷最怕這一種人，依照他自己的說法，他還差一點因此「封筆不再寫作」。斯騰恩用約立克神父這段描述向兩個世紀前的前輩致敬。

有些人的聰明才智令我激賞，有些人的人品高潔令我尊崇，可是有時候和這類人相處我會覺得很不自在：我小心翼翼監控自己的遣詞用字，生怕被人誤會意思，生怕語意透出譏諷味，生怕稍微放肆一下就傷害到誰。他們和「滑稽喜感」是不能和平共存的。我是不責怪他們：他們那「不笑的特質」已經生根在人格裡面，所以也無能為力了。而和他們來往時感到的不自在，我也是無能為力改變，因此雖然不至於討厭他們，我總是遠遠避開他們。我可不想步上約立克神父的後塵。

每一種美學概念（不笑現象也是其中之一）都會衍生一套沒完沒了的問題系統。往日那些公開對拉伯雷做意識形態（多半是神學上的）譴責的人，其實是受到一種更深沉東西的驅使。他們受不了的是拉伯雷在審美態度上與他們的歧異：他們打從心底無法消受「非嚴肅」的東西；看到不合時宜的笑便會激起憤慨，將之視為醜聞。如果不笑之士習慣把每個玩笑話都看成冒犯的舉動，那是因為玩笑話本質就是冒犯。滑稽和神聖之間本來就存在無可緩滅的互斥性。那麼「神聖」的領域起自何處，又在何處結束？是不是只在廟裡、禮拜堂裡？或者領域要寬廣些，包括一些重要偉大的世俗價值，比方母愛、愛情、愛國情操、人性尊嚴？但對某些人而言，生命就是神聖的，整個的，沒有例外，所以不管什麼玩笑話都會激怒他，不論是藏在內心或者外現出來的。反正都是被激怒了。無論哪種玩笑話都含有滑稽成分，而滑稽成分原本就是對生命神聖面的冒犯。

如果不了解不笑之士的心態就無法了解滑稽的本質。因有他們存在，「滑稽」一詞才有飽滿的意涵，是他們讓「滑稽」成為一種賭注、一種冒險，並使它的悲劇特色凸顯出來。

幽默

在《唐吉訶德》裡，我們聽到一個大家會以為從中世紀笑鬧劇裡傳出來的笑聲：我們笑有位騎士竟戴了刮鬍盆權充頭盔，我們也因他賞給隨從一頓耳光而發笑。除了這類老套、殘酷的滑稽之外，塞萬提斯也讓我們品味另一種細膩得多的滑稽：

有一位和藹可親的鄉下仕紳邀請唐吉訶德到家裡作客，而這仕紳和他那詩人兒子同住。做兒子的比做父親的頭腦清醒，他隨即發現來客是個瘋子，於是便故意表現對他疏遠的態度。後來，唐吉訶德敦請那年輕人為他朗讀自己的詩作；這次，年輕人欣然同意，而唐吉訶德也以誇張溢美的言詞來讚揚對方的詩才；這個兒子受到恭維高興極了，不但立刻忘記來客的瘋癲，甚至被他的高談闊論唬得目眩神迷。到底誰比較瘋？是稱讚頭腦清醒人的瘋子還是相信瘋子讚美的頭腦清醒人？這裡，我們一腳跨進了另外一種滑稽的領域，這種滑稽細膩得多而且無限寶貴。我們會笑，不是因為有人被嘲笑，被以可笑的方式呈現，甚至被羞辱，而是因為一個現實突然以模稜兩可的方式呈現，事物喪失了它原本顯而易見的意義，呈現在我們眼前的人不再像他自以為是的那樣。這就是幽默（在歐塔維歐．帕茲的眼裡，由於塞萬提斯的作品，幽默是現代「一項偉大的發明」）。

幽默並不是從一個滑稽情況或是滑稽收場時短暫迸射出來，令我們發噱的小火花。它那內斂的光芒布滿整個人生廣袤的地景上。讓我們就像電影倒帶一樣，重新觀賞我剛才敘述的那一幕：那位和藹可親的仕紳將唐吉訶德帶回他的城堡，並將兒子介紹給客人。對於這位行為怪誕的訪客，做兒子的立刻表現出優越感，而且擺出愛理不理的架子。可是這次我們已經事先知道情節的發展：我們已經看到唐吉訶德在讚美對方詩作時，對方表現出來的那種自戀式的沉醉；如今我們再度回到場景的開端，那個兒子的行為在我們眼中立刻顯得趾高氣揚，不是他那年紀的人應有的反應，換句話說，故事才一開始，滑稽的味道就出來了。這就是一個人生經驗豐富的成年人看待世界的方法，因為在他的背後已經有太多這種關於「人類天性」的經驗（每次他看世界就像把影片倒帶重看一次那樣），而且不會再認真看待別人認為嚴肅的事。

如果悲劇精神離棄我們

經過一些苦難的經驗之後，克雷翁[49]體會到，統治城邦、對城邦負責的人應該克制自己的情感；有了這個信念後，他和安提岡妮於是起了不可避免的衝突，因為後者認為個體的義務同樣合理重要。克雷翁在這個信念上採取鐵腕手

49. Créon，希臘悲劇《安提岡妮》中的國王。

段，安提岡妮死了，而他也陷入極度的罪惡感，一心只想「再不要見到一個黎明」。《安提岡妮》一劇激發黑格爾以精采絕倫的方式思考悲劇的性質：兩個對立角色發生正面衝突，各自都無法抽離地依附在一項片面的、相對的真理上面。可是如果將這片面的真理獨立來看卻又完全正當。雙方都願意犧牲自己的性命來捍衛各自的真理，然而自己這邊如要獲勝，就要付出慘重代價：讓對方徹底地毀滅。所以雙方都同時有理又同時有罪。黑格爾曾說：將偉大的悲劇人物視為有罪其實是獻給他們榮耀。一旦對「有罪」產生深刻的意識，那麼未來的和解妥協才有可能。

將人性重大的衝突從善與惡交戰的幼稚詮釋裡解放出來，並從悲劇的眼光去看待它，這就是我們心智壯闊的表現；這種態度讓人類世界的真理呈現出不可避免的相對性；它讓人厭惡必須將敵人繩之以法的態度。可是善惡二元的道德思想並不容易征服：我想起戰後不久在布拉格看的一齣由《安提岡妮》改編的戲，可是作者將悲劇裡的悲劇特質一刀砍死，他讓克雷翁變成一個可憎的法西斯，利用手段在迫害一名追求自由的女英雄。

第二次世界大戰以後非常流行這種將《安提岡妮》重做政治上詮釋的改編。希特勒不僅給歐洲帶來無法名狀的恐怖，還強奪了它的悲劇意識。受到反納粹鬥爭的影響，當代的整部政治史從此被當成是一部善勢力打擊惡勢力的歷史。國際戰爭、內戰、革命、反革命、國族的爭鬥、叛變以及對叛變的鎮壓都從悲劇的領域被驅趕出去，並被那些酷嗜懲罰的判官草草打發掉了。這是倒退現象嗎？是掉回人性前悲劇的年代？如果這樣，那麼退化的是誰？是被罪犯占據了的歷史？還是我們理解歷史的方式？我經常想：悲劇精神遺棄了我們；而這說不定才是真正的懲罰。

逃兵

荷馬從不質疑希臘人前去圍攻特洛伊城的理由。可是歐里庇德[50]從幾世紀

50. Euripide，古希臘悲劇作家，西元前四八〇～四〇六年。

的間隔回顧這段歷史時，他一點也不欣賞美女海倫，並且指出：拿千萬士兵的性命換取她的回頭，這種犧牲是不合理的。在《歐瑞斯特》（Oreste）一劇中，他藉阿波羅的嘴巴說出：「諸神將海倫造得美豔絕倫，為的是要讓希臘人和特洛伊人起衝突，因為在他們雙方相互殘殺之後，那負載太多人口的土地便可鬆一口氣。」突然，事情變得再明朗不過了：那場史上最有名戰爭的意義其實和任何偉大的理由無關；它唯一的目的就是殺戮。如果這樣，我們還能談悲劇性這主題嗎？

我們不妨隨便問人：第一次世界大戰真正的理由是什麼？我想沒有人能回答，即使這場慘絕人寰的大殺戮是上世紀惡的寫照。那麼誰敢告訴我們，特洛伊戰爭是歐洲人集結起來為挽回一個戴綠帽丈夫名譽而發動的！

歐里庇德倒不致覺得特洛伊戰爭是滑稽的。但是基本小說跨過了這步。哈謝克筆下的士兵帥克覺得戰爭的目的和自己毫不相干，以至於他甚至不想深究其目的；他不知道戰爭的目的，也完全不想了解。戰爭很恐怖，但是他還是不認真看待戰爭。對於一件沒有意義的事，我們是不會嚴肅以對的。

MILAN KUNDERA

歷史上有些所謂的重要事件、萬世英雄，有時回顧起來是微不足道，甚至是滑稽的。可是要恆常以這個觀點看待歷史是困難的，不合人性，甚至超乎人性。或許只有逃兵才有辦法。帥克是逃兵。我並不是指這個字眼在法律上的意思（非法離開軍隊的人稱為逃兵），而是因為他對群體的大衝突完全置身事外。從所有的觀點來看，政治的、司法的、道德的，逃兵給人的感覺是令人厭惡的、值得譴責的、和懦夫和叛徒是一丘之貉。但小說家的觀點可不一樣：逃兵是一個拒絕給予同類相殘這行為任何意義的人，一個不願在大屠殺中看到什麼壯闊悲劇性的人，一個厭惡在歷史這場滑稽劇中扮演跑龍套角色的人。他對事物的看法經常是冷靜的，非常冷靜，可是這種看法卻使得他難以站穩立場；這種看法使得他和別人同仇敵愾的關係無法建立，使他遠離人群。

（第一次世界大戰期間，哈布斯堡帝國將捷克人送上前線。可是捷克人覺得戰爭的目的和自己完全不相干；因此帥克四周都是逃兵，不過他是一個獨特的逃兵：一個快樂的逃兵。我們注意到，這個角色在他祖國享譽豐隆，歷久不衰，所以我們不妨認為，像這種重要的群眾情勢，如此罕見，幾乎在暗地裡才能存在，而且理念無法與人分享的觀點，竟然可以把存在的理由賦予一個國族。）

悲劇連鎖

一個行動，就算再如何無害，也不會靜靜就消失掉。它通常會引起另外一個行動，從而造成一連串事件的連鎖反應。面對自己的行動後續所不斷引發的事件，一連串恐怖又無法估量的事件，那個初始的行動者到底責任該負到什麼地步？《伊底帕斯王》一劇接近尾聲時，伊底帕斯王說出一番膾炙人口的表白。他詛咒昔日孩提時代救他一命的人（他的父母本來要讓他自生自滅）；他詛咒一個盲目的善舉，因為它引發不可言喻的惡；他詛咒一連串事件的連鎖反應，好像正心誠意完全失去價值；他詛咒的是那條將人類個體全部綁牢在一起的無盡鎖鏈，因為它將全體人類納入一個悲劇的共同體。

伊底帕斯王「有罪」嗎？這個從法律借過來的字眼在這裡完全沒有意義。在《伊底帕斯王》末尾，他用已經自縊身亡的卓卡斯特（Jocaste）身上所穿長袍的釦環挖瞎自己的雙眼。這是他加在自己身上的懲罰，表示律法已彰？還是說那只是絕望的吶喊？不願意再用眼睛看那些由他而起而且針對他來的恐怖事件？所以此舉不是為了彰顯律法，而是為了逃向虛無？《科隆尼的伊底帕斯王》（Œdipe à Colone）一劇是索弗克里（Sophocle）傳世的最後一個劇本。劇中眼睛瞎掉的伊底帕斯對於克雷翁的指控竭盡全力為自己辯護，並且在安提岡妮善意的陪伴下發表自己無罪的聲明。

以前我有機會觀察那些共產國家的領導人，我十分驚訝地發現，他們動不動就嚴厲批判一些無法控制的連鎖事件，但這些事件的始作俑者正是他們本人。要是他們真的冷靜，為什麼不閉門思過？是因為想投機取巧？是因為對權勢戀棧？還是出於恐懼？也許。可是我們不能排除一種可能性：他們那樣做是受到責任感的驅使，我們當初開頭的動作是他們做的，而這件事他也不想否認自己的起頭角色，並且心中還懷著希望，期待自己能夠修正，能夠影響事件發展的導向，並且賦予它一個意義。這個期待越是虛幻，那麼他們生命的悲劇性也就更加明顯。

地獄

在《戰地鐘聲》的第二章裡，海明威描述共和黨人奪下一座被法西斯黨人占領的小城（身為常人或者身為作家，海明威都是同情共和黨的）。他們未經審判就將二十幾個人定了死罪，並將他們驅趕到市中心的廣場。在此同時，他們集合了攜有叉桿、鐮刀和連枷的人，要讓他們殺死那些罪犯。罪犯？這些所謂的罪犯絕大部分只是消極支持法西斯黨的人，而那些原本就認識他們也不討厭他們，現在卻權充他們劊子手的單純市民其實不情願配合命令。但是他們出於膽怯不敢違抗共和黨的意思。接著他們喝酒壯了膽子，而且見血流出以後便開始殺人，最後殺紅了眼（他花了十分之一的篇幅加以描述！），場面成了殘酷的「地獄」。

審美的概念不停轉變為疑問；我自問道：歷史是悲劇性質的嗎？我們不妨換個方式問：從個人的命運抽離之後，悲劇性這觀念還有意義嗎？當歷史驅策了群眾、軍隊、苦難和報復時，我們再也無法區分個體的意志；於是悲劇完全被地下水道溢出來、淹沒世界的水掩蓋了。

充其量我們只可以在各種恐怖事件的廢墟下，去挖掘埋藏在下面的悲劇性，在那些願冒生命危險捍衛自己一番真理的人他們的衝動裡面去找尋悲劇性。

可是有些恐怖事件，任何考古遺址的挖掘都無法尋回其悲劇的蛛絲馬跡；為了金錢的互相殘殺；更糟糕的：為了某個幻象的互相殘殺；還有更糟糕的：為了一個愚蠢想法的互相殘殺。

地獄（人間地獄）不是悲劇；地獄，是沒有任何悲劇痕跡留下來的恐怖行為事件。

第六部

撕破了的簾幕

可憐的阿隆索・基哈達

有個可憐的鄉下仕紳，名叫阿隆索・基哈達的，他決定要做個浪跡天涯的騎士，並且替自己另外命名為唐吉訶德・得・拉・曼施（don Quichotte de la Manche）。如何能定義他的身分？他是一個他所不是的人。

他從一個理髮師那裡偷來一只刮鬍銅盆，把那當成一頂頭盔。後來，理髮師來到唐吉訶德湊巧也在場的一家酒館。他看到那只被偷走的刮鬍銅盆，因此想拿回來。可是一身傲骨的唐吉訶德卻不願意承認那一頂頭盔其實只是個銅盆而已。結果一個表面上看起來如此簡單的東西居然成了可爭議的問題。話說回來，誰說一個頂在頭上的銅盆不能稱為頭盔？在場那些調皮的朋友覺得有趣極了，於是提出一個可以找出真理的客觀方法：秘密投票。所有在場的人都參加投票，而且投票結果竟一面倒：大家認為那件物品是頂頭盔。好一個精采的本體論笑話！

唐吉訶德愛上了杜爾西內。他只敢偷偷瞄對方，也許根本不敢瞧她。

他在戀愛，可是，就像他自己說的，「只是因為浪跡天涯的騎士得要戀愛才行」。自古以來敘事文學呈現多少用情不專、絕情背叛、對愛絕望的故事。可是，在塞萬提斯的小說裡被提出來質疑的不是戀人，而是愛情，就是愛情這個觀念本身受到質疑。如果還不認識對方便愛上對方，那這愛是什麼？抑或只是決定要愛罷了？或是僅僅是種模仿行為？這種疑問和我們大家有關：當然，從孩提時代以來，如果不是某些愛的範例激發我們追隨，我們會知道什麼是愛嗎？

一個可憐的鄉間仕紳阿隆索・基哈達以三個人生基本的問題開啟了小說這門藝術的歷史：個體的身分是什麼？真理是什麼？愛是什麼？

撕破了的簾幕

又是一次一九八九年後回到布拉格的旅程。我從朋友的書架上取下一本賈洛米爾・約翰（Jaromir John）的作品。那是一位兩次世界大戰之間的捷克籍小說家。那本小說被大家淡忘好久了。書名叫做《爆炸的怪物》，而我也是那一天才第一次讀它。這個作品在一九三二年左右寫成，內容描寫早先十年所發生的事，也就是一九一八年捷克斯洛伐克共和國宣布獨立後的那幾年。恩格貝爾特（Engelbert）先生是哈布斯堡舊王朝時代的林務顧問，後來搬到布拉格來養老；可是他總覺得自己和新國體那種咄咄逼人的現代性是格格不入的，因此他的失望之情一天強過一天。這種情況應是大家耳熟能詳的。可是這裡面有件事就前所未聞了：對於現代世界深惡痛絕，恩格貝爾特先生咒罵的對象不是金錢的威勢，不是野心家的傲慢無禮，而是噪音；不是暴風雨或者鐵槌敲打的聲響，而是新出現的馬達噪音，尤其是汽車和機車所發出來的那種：因此稱之為「爆炸的怪物」。

可憐的恩格貝爾特先生：他起初住在住宅區裡的一棟別墅；在那地方，來往的汽車讓他生平首度發現這種新玩意會將他的生命轉變成無止境的逸失。他趕緊搬到另一個區段。因為家門前的街道禁止通行汽車，他因此高興得不得了。可是他不知道，這道禁令只是暫時性的。有天夜裡，他再度聽見那些「爆炸的怪物」從他窗前呼嘯而過，於是再度被激怒了。從此以後，除非耳朵裡面塞了棉花，否則是不願上床睡的，而且他深刻體會到，「睡眠是人類最基本的慾望，如果因為缺乏睡眠而死，那就是各種死法裡面最糟糕的」。他到處尋找寧靜：住到鄉間的旅館（沒有用），到首都以外的城市裡，住到老同事的家裡（沒有用），最後只好睡進夜行的火車裡。火車那種古老而且溫和的聲音令他這個到處被噪音圍剿的人較能享受一頓睡眠。

約翰寫小說的年代，大概可能平均每一百個布拉格市民才擁有一輛汽車，或者不是一百，而是一千也說不定。在那時代，噪音現象（馬達的噪音）還很罕見，但卻是令人驚訝的新奇事。我們從這裡歸納出一個結論：一個社會現象是在它初生之際，而不是在它擴展之際，也就是在它還弱、還不成氣候的時候最容易被敏銳察覺。尼采曾注意到，十六世紀的德國教會是所有西方教會裡腐化程度最輕微的。因為這樣，宗教改革運動才正好會在那裡發軔，因為腐敗墮落只有在一剛開始才會被人認為不可容忍。卡夫卡年代的官僚主義和今天的官僚主義相比簡直像個天真無邪的孩童，可是它的醜惡面卻由卡夫卡揭露出來。從此以後，官僚作風變成一件稀鬆平常的事，大家也就見怪不怪了。二十世紀六〇年代，一位傑出的哲學家將「消費社會」置於一種批評架構之下。但是一年過了一年，這種批評在現實的對照下顯得落伍到可笑的地步，以至於一提起它，人家還會覺得難為情。我們必須提到另外一項通則：如果現實一再重複卻沒有人難為情，那麼思想在面對不斷重複的現實時終會沉默下來。

一九二〇年那時代，恩格貝爾特先生還會對「爆炸的怪物」所發出的噪音震驚不已：可是他的子孫後輩卻覺得那種噪音天經地義；噪音最初讓人類驚恐、讓他們生病，可是慢慢地便將人類給重塑了。這個無所不在而且恆常存有的東西最後成功地灌輸人類「需要聲響」的觀念。有了這個觀念，人和大自然，和休息、和歡愉、和美、和音樂（變成不間斷的音響背景之後，音樂喪失了它的藝術特徵）的關係和以前大不相同。它和言語的關係也完全走樣（言語從此不在音響的世界裡占據優勢的地位）。在「生存的歷史」（l'histoire de l'existence）裡這種改變如此深刻，如此持久，沒有任何戰爭、任何革命能夠造成類似的結果；賈洛米爾．約翰謙卑地注意到這項改變，並且對它的開端進行描述。

我用「謙卑地」這個副詞，因為約翰是人家眼中所謂的「次要作家」、「小作家」；然而，偉大也好，渺小也罷，他至少是個真正的小說家：他沒有模仿繡在「預先詮釋的簾幕」上的真理；他有塞萬提斯式的勇氣，撕破簾幕的勇氣。如果我們讓恩格貝爾特先生走出小說，且讓我們試著把他想像是一個真實的人，並開始寫作自傳；不會，這本自傳絕對不像約翰的小說！因為恩格貝爾特先生和大多數的同儕一樣，習慣閱讀懸掛於世界前面的那張簾幕，所以他也習慣以讀來的內容評論生活；他很清楚，噪音現象在自己看來儘管多麼令人厭惡，但絕對不值得探討關心。相反地，自由、獨立、民主或者從相反角度來看的資本主義、剝削、不平等，是的，一百個錯不了，這些才是嚴肅的概念，才有資格賦予命運意義，或將不幸抬舉到高貴的地位！同樣的，如果恩格貝爾特耳朵裡塞著棉花寫作自傳，他一定將祖國重獲獨立一事視為首要，並且譴責野心家的自私自利；至於「爆炸的怪物」，他會將它擺在書中不顯眼的位置，當作是一項無甚大礙的驚擾，總之，是博君一笑的材料。

撕破了的悲劇簾幕

我再一次要阿隆索・基哈達這人物出場：看著他登上愛馬候西南特，出發尋找大規模的戰役。他隨時準備為某種高貴的理由犧牲性命，可是悲劇才不要他。小說這門藝術自從誕生以後便不信任悲劇：因為悲劇只愛盛大排場，因為它源自劇場，因為它對生活的散文性視而不見。可憐的阿隆索・基哈達。在他身旁，一切偏偏變成喜劇。

可能不會有任何小說家會讓自己受到悲劇或激情的吸引。然而，雨果那本描寫法國大革命的小說《九三年》（Quatre-vingt-treize，一八七四年出版）恐怕是例外。書中那三位主角人物看來好像穿著戲服、臉上敷粉施朱，從舞台上跑下來，直接進入小說似的：朗特那克伯爵，他對王政制度忠心耿耿；席姆賀丹，大革命的重要人物，對於自己的真理也是深信不疑；最後，朗特那克的姪子高凡，在席姆賀丹的影響下，這位貴族變成了大革命的傑出將領。故事的結局如下：革命軍進攻一座城堡，並在城堡裡面展開恐怖殘酷的戰事，這時朗特那克從一條秘密地道成功脫逃了。躲過攻城人的追殺以後，他身處大自然裡，眼前是被烈焰吞噬的古堡，耳邊是一位母親絕望的哭聲。這時，他猛然想起，有三名被充做人質的共和黨員的小孩被鎖在鐵門後面，但鑰匙放在自己口袋帶出來了。他先前已經看過好幾百人慘死，男人、女人、老人，但心中哪曾動過惻隱。可是孩童因他慘死，這個不行，絕對不行，他不允許這種事情！於是他走回那條地下密道，然後在敵人錯愕的目光中，親自將眼看就要葬身火窟的孩童釋放出來。之後他被逮捕並判死罪。高凡獲悉他叔伯這類英勇的事蹟後，他的倫理道德標準動搖了：一個情願犧牲自己性命去救小孩的人難道不值得原諒嗎？他幫助朗特那克越獄成功，但他知道此舉會為自己惹來殺身之禍。席姆賀丹則嚴格遵守大革命沒得妥協的道德標準。雖然他將高凡視為己出，但還是大義凜然地將他送上了斷頭台。在高凡看來，自己被判死刑是合情合理的事。他泰然接受這項判決。就在斷頭台刀刃砍下的那一刻，偉大的革命家席姆賀丹舉起手槍朝自己的胸口射了一槍。

為什麼這些人物我會稱他們是悲劇的角色呢？那是因為他們完全服膺自

己的信念，隨時準備為它赴死，而最後也果真死了。福婁拜的《情感教育》寫成的年代（一八六九年）比雨果的《九三年》要早五年，裡面也寫到了一場革命（一八四八年的那次），但描述的內容可以說和悲劇完全兩碼子事：書中人物各有自己的想法意見，但那是沒有分量，無絕對性的輕鬆想法；他們很容易便會改變立場，那不是深思熟慮後的結果，而是像換領帶一樣，不喜歡的顏色換掉就好。比方弗雷得利克拒給戴洛希耶原先應允過的一萬五千法郎，後者立刻覺得「對弗雷得利克的友誼灰飛煙滅了（……）對有錢人的恨意跟著湧動起來。他覺得塞內卡爾的想法比較對他胃口，於是下定決心要為那些想法奮鬥」。後來阿賀努夫人因為決意守貞，弗雷得利克失望之餘也「像戴洛希耶一樣，希望世界來個驚天動地的變化……」

塞內卡爾是最激進的革命分子，「民主擁護者」，「人民之友」，後來卻變成工廠主管，對待下屬的態度卻很蠻橫。弗雷得利克：「唉呀，身為一個擁護民主的人，你的行事風格未免太冷峻了！」塞內卡爾：「所謂民主並不意味個人就可以肆無忌憚亂幹，而是法律之前立足點平等，是分工合作，是服從命令！」一八四八年革命又起，他再度成為革命分子，後來武器拿在手上，居然反過來鎮壓同一場革命。不過，如果硬把他定位成牆頭草型的投機人士那也不太公平。革命立場也好，反革命立場也好，他反正都是同一個人。福婁拜發現了一項現實：某種政治態度所倚靠的並不是什麼理念信仰（因為太脆弱，動不動就會蒸發！）而是某種較不理智，較不堅實的東西：例如，在塞內卡爾身上我們看到的左右搖擺便是。

在福婁拜眼裡，最奇怪的事應該就是對他筆下人物做出的道德審判：弗雷得利克和戴洛希耶雖然缺乏一貫的理念，但這並不足以使他們成為值得譴責或者引人嫌惡的人物；話說回來，他們絕對不是懦夫或者瞧不起一切的犬儒。相反地，他們還經常覺得自己該做點什麼勇敢的舉措；革命發生的那天，弗雷得利克發現站在他旁邊人群裡有個男的腰部中彈，他「義憤填膺衝了過去……」只是，這種舉動只是一時興起，並不能蘊藏成持久的態度。

小說裡面只有那個最天真的杜沙賀狄耶才是因為堅持理念而喪命的。但是他在小說裡的地位是次要的。在一部真正的悲劇作品裡，悲劇性的命運是該擺在主題位置的。在福婁拜的這本小說裡，這個主題退居到背景的地位，只像一道稍縱即逝的光線似的。

仙女

歐沃西大人聘請兩位教師專門調教年輕的湯姆．瓊斯：一位名喚斯奎爾（Square）。他是一位思想現代的人，接受自由思想、科學以及哲學；另外一位則是朔坤（Thwackum）神父。他正好相反，是個保守人物。在他看來，宗教才是唯一的威權；這兩個讀過書的人其實既兇惡又愚蠢。他們完美地預告了《包法利夫人》裡面那令人心寒的一切：藥劑師歐梅（Homais），深深迷戀科學以及進步的人；另外一位則是冥頑不化、過分相信宗教的神父布賀尼西安。

雖然費爾汀對愚蠢在生活中所扮演的角色非常敏感，但他畢竟將這現象視為例外，視為偶發，視為缺陷（令人嫌惡的或引人發笑的）。這個現象不會從深層去改變他對世界的觀感。在福婁拜的小說裡，愚蠢一詞的概念則大不相同；它不是例外，不是偶發，不是缺陷。它不是一個數量上的現象，不是少了幾個聰慧的細胞，可以用教育的手段來補強的；愚蠢是治不好的；無所不在，笨蛋腦袋裡有，天才的腦袋裡成分也不會低，那是「人性」不可分割的一部分。

讓我們回憶一下聖博夫對福婁拜的非議：在《包法利夫人》中，「善的成分太少」。什麼！那麼查理．包法利（Charles Bovary）呢！他對太太、對病人樂意付出，完全沒有自私心理，難道他不是英雄，不是位心腸好而受難的人物？如何將他遺忘？在艾瑪死後，在知道妻子幹出種種對他不忠實的事情後，他並不顯出怒意，只把無窮的哀傷往肚子裡吞。如何忘記他悉心為廄房小廝意保利特的腳傷進行開刀手術的事！可以說所有善的天使都在他身邊駐足了；慷慨、慈悲、熱愛進步！所有周遭的人都稱讚他，甚至艾瑪也深受丈夫善良天性的感動而擁抱他！過了幾天，手術證明毫無用處，而意保利特在承受許多有口難言的折磨後，只能進行截肢處理。查理心情遭受沉重打擊，而周圍的人似乎冷落他了。這是一個好到不可思議的人，但卻又是如此真實。他應該比起讓聖博夫感動不已的「積極行善的鄉下婦人」更值得我們憐憫吧？

說《包法利夫人》書中「善的成分太少」是不對的；重點是在別處：書中愚蠢的成分太多了些；因為這樣，查理才無法上場表演聖博夫愛看的那種「精采場面」。可是福婁拜偏不愛安排「精采場面」；他只想「深入事物的精神」。在事物的靈魂深處，在「所有」與人有關的事物中，他到處都看見「愚蠢」這個溫柔的仙子在翩翩起舞。這個不愛招搖的仙子不管和善和惡都能融洽相處，和智慧和無知，和艾瑪和查理，和你和我都能和諧共生。福婁拜將它帶進了生存的謎樣舞會之中。

直搗玩笑黑暗的底層

福婁拜曾向屠格涅夫說起自己要寫《布瓦和貝庫薛》的計畫，後者便建議他務必將這作品寫短。不愧是老前輩的完美忠告。因為故事一旦拉長，作品就會單調、惹人生厭，說不定還會顯得荒謬可笑。可是福婁拜堅持己見；他向屠格涅夫解釋道：「要是這個主題用簡短的方式呈現，那就或多或少成為精神取向的奇幻，既無血肉又不真實。但是一旦仔細描寫並加鋪陳，那麼人家就會覺得我相信我自己的故事，所以內容便被視為嚴肅的，甚至是駭人的。」

卡夫卡的《審判》也是建立在一個非常類似的藝術賭注上面。第一章（卡夫卡親自讀給他的朋友們聽，他們也覺得有趣）可以被合情合理視為一則好笑的小故事，一個笑話：有天清早，一個名叫K.的人被兩個普通平凡的男士從床上喚醒。這兩個人毫無理由便宣稱他被逮捕，而且一面說話一面吃起K.的早餐。他們在K.的臥房內舉止如此傲慢，如此自在，以至於身著睡衣、既膽怯又笨拙的K.竟不知如何是好。如果後來卡夫卡沒有以越來越悲慘的內容去接續第一章，那麼今天也不會有人訝異，為什麼當年他的朋友們會笑成那樣子。可是卡夫卡完全無意寫出（我借用一下福婁拜的話）「一個或多或少精神取向的奇幻」，他想給這個好笑的情況多些「血肉」，對它「仔細描寫並加鋪陳」，強調其「真實性」，以便讓人家「覺得作者相信自己所說的故事」，這樣他們便會把內容當成「嚴肅甚至是駭人的事」。總之他想「直搗玩笑黑暗的底層」。

布瓦和貝庫薛是兩名想要學得所有知識的退休人員。他們當然是玩笑性的人物，可是同時又像是某種神話裡面走出來的。他們擁有的知識不但遠遠多於自己四周的人，甚至多於那些將要閱讀他們故事的所有讀者。他們熟知所有的事實，認得與其有關的理論，甚至反駁那些理論的學說。他們的頭腦是不是鸚鵡式的頭腦，只會重複別人所說過的？也不對；他們常表現出驚人的洞悉能力。每當他們覺得自己優於和他們來往的人，每當他們對那些人的愚昧感到憤慨而且不願再容忍的時候，我們總覺得他們說的都是理由充分。然而，沒有人懷疑到，他們其實也是愚蠢的。那麼，為什麼我們會覺得他們愚蠢？試著定義他們的愚蠢好了！乾脆試著定義「愚蠢」本身這概念好了！愚蠢到底是什麼東西？理智可以揭露陰險躲藏在美麗謊言那面具後面的惡。可是面對愚蠢，理智就無計可施。它不能揭露什麼。愚蠢是不戴面具的，只是清清白白站在那裡。誠摯的。赤裸的。而且無從定義。

我要回顧一下雨果筆下那三個重要人物，朗特那克、席姆賀丹和高凡。這三個正義凜然的英雄，沒有任何個人利益可以使之偏離正道路線的三個人物。我不禁要問：讓他們能夠鼓足力量堅持己見，「沒有一點懷疑，沒有一絲猶豫」的，難道不是愚蠢？一種高傲的、有尊嚴的愚蠢，好像從大理石中雕出來的？忠實伴隨三位英雄的愚蠢，好比昔日奧林匹克山的女神陪著她的英雄一直到死？

是的，這正是我的想法。愚蠢絲毫不會減損悲劇英雄的偉大。它和「人類天性」密不可分，亦步亦趨到處跟著人類：在臥房的陰影裡如此，在歷史光芒投射的高台上亦復如此。

史迪夫特眼中的官僚主義

我常自問，到底是誰首先發現官僚主義在存有上的意義？或許是史迪夫特（Adalbert Stifter）。要不是在我一生的某一時刻，中歐成為了縈繞在我心裡的主題，誰曉得我是不是還會細讀這位奧地利的舊作家，一個乍看之下又是囉嗦冗長，又是嘮叨說教，又是滿紙仁義道德，而且個性貞潔，總之很奇特的作家。然而，他卻是十九世紀中歐的關鍵性作家。他是那時代的精華，是所謂「德國和奧地利市民文化」（Biedermeier）中既崇高道德又富田園詩趣的精華。史迪夫特最重要的小說應屬一八七五年的《夏暮秋初》（Der Nachsommer）。作品的故事情節儘管簡單，卻也寫得出厚厚一巨冊：有個名喚罕利須（Heinrich）的年輕人，他在山裡面健行的時候看到預示暴風雨要來的烏雲。他到某處住宅裡躲著，而住宅的主人黎剎赫（Risach）這位年老的貴族熱情地接待他，並且像老友一般歡迎他。這座小城堡稱作「玫瑰之屋」（Rosenhaus），日後罕利須便偶爾回到那裡作客，一年大約一兩次。到了第九年，他和黎剎赫的教女結婚，然後小說就結束了。

一直要到最後，小說的深層含意才展露出來。這時候，黎剎赫和罕利須單獨進行長談，前者才將自己的生平說出來。他的一生有兩個衝突點，其一是個人的，其二是社會的。我要談的是第二點：黎剎赫以前曾是顯赫的政府高官。有一天，他體會到行政工作和自己的個性是格格不入的，和自己的興趣品味根本不合。於是他辭去職務，定居在鄉間，也就是「玫瑰之屋」城堡，為了能和大自然以及村民和諧相處，從此遠離政治、遠離歷史。

他和官僚制度分道揚鑣，原因不是出於什麼政治信念或是哲學信念，而是因為他對自己的個性徹底了解，知道自己不是幹公務員的料子。那麼做公務員究竟是何意義？黎剎赫向罕利須做了詳盡解釋。就我所知，那是文化史上第一次（而且以精采的方式）對官僚制度之「現象學意義」所做的描述：

行政組織系統不斷擴大之後，它就不得不僱用數量越來越龐大的人手。這些人手不可避免一定包含壞的以及很壞的。於是系統就一定得創造出一套制度，讓必須完成的事情能夠完成，不致因為公務員的素質良莠不齊而弱化了它的功能。黎剎赫繼續說道：「為了讓我的想法呈現得更清晰，我打個比方：一座理想的大鐘，應該是你拿好的零件去換壞的零件時，或者拿壞的零件去換好的零件時，它都能如常運作。當然，這樣的裝置是難以想像的。可是行政組織正好只能夠以上述的形式存在，否則從它演變的角度來看是要消失的。」所以行政組織並不會嚴格要求一個公務員了解組織所關注的問題系統，只需要他熱心執行該處理的業務即可，根本不必明白、甚至不必試著去明白隔壁的辦公室裡到底在忙什麼。

黎剎赫並沒有批評官僚制度，他只是提出解釋，說明這制度的本質，以及自己為何無法對它奉獻終身。讓他成不了公務員的，是他無法唯諾服從，無法為一些處於個人前景展望之外的目標工作，同時，也是出於他對「事情原本狀態的尊敬」（die Ehrfurcht vor den Dingen wie sie an sich sind），那種尊敬如此深刻，以至於在談判的過程中，他不維護上司所要求維護的，反而維護「事物為自己所要求的」。

因為黎剎赫是個講求具體的人；他渴望過一種生活，在這生活裡，他一定要能瞭解工作的用意；因此，凡是與他來往的人，他一定是認識對方的姓名、職業、住處以及小孩；而時間也必須以具體的面向加以觀察和品味：早上，中午，太陽，下雨，暴風，夜晚。

他脫離了官僚制度，這正是個體脫離現代世界數一數二了不起的方式。徹底卻平靜地脫離，正適合「德奧市民文化」那種要求田園詩情調的浪漫主義風格。

古堡和村落那被侵擾的世界

馬克斯．韋伯（Max Weber）是率先認為「資本主義和一般現代社會的首要特徵為官僚式合理化」的社會學者之一。他覺得社會主義革命（在那時代不過只是紙上談兵）既不危險也無助益。在他眼裡，這種革命沒有太大用處，因為它無力解決現代社會主要的問題，也就是社會生活的「官僚化」（Bürokratisierung）。根據他的看法，在這種過程中，不管生產工具隸屬於誰，官僚體制只會毫不留情地壯大下去。

韋伯是在一九〇五年和一九二〇年（也就是他逝世那年）之間提出自己對「官僚化」的看法的。我忍不住要提醒大家，在韋伯這位偉大社會學家提出自己理論的五十年前便已經有位小說家阿達爾貝．史迪夫特意識到官僚制度根本上的重要性為何。可是我不准自己置身一場論戰：在發現這個真理的過程中到底是藝術還是科學占了優勢？因為它們各自關懷的並非同一件事。韋伯做的是對官僚現象提出社會學的、歷史學的以及政治學的分析。史迪夫特問的卻是另外一個問題：具體看來，活在官僚化的世界裡，對個人而言是何意義？他的生活如何因此而受改變？

《夏暮秋初》出版後大約六十年，卡夫卡這位中歐另一個作家完成了《城堡》。對史迪夫特而言，城堡和村落的世界好像一片綠洲。在這綠洲裡，年老的黎剎赫可以藏匿起來，逃離高級公務員的顯赫生涯，然後平靜地和鄰人、動物、樹木，以及和「事物原原本本的樣子」一起過活。這種世界，也就是史迪夫特（以及他的弟子們）其他散文所描述的情境，便成為中歐理想田園情調生活的象徵。而這個世界被破壞掉，包括城堡以及寧靜村落的世界，正是卡夫卡這位史迪夫特讀者所描述的，破壞它的正是各種官僚單位、一群又一群的公務員以及雪崩一樣壓下來的卷宗文件！卡夫卡殘酷地侵犯了反官僚制度的那個田園情調的象徵，並且賦予這個截然不同的新世界一個意義：官僚制度全面且徹底的勝利。

官僚化世界於存有上的意義

長久以來，黎剎赫那種和公務員生活決裂的叛逆做法已不可行。官僚制度成為無孔不入的東西，任你逃到哪裡都躲不過它；再也找不到像「玫瑰之屋」的地方，可以親密地和「事物原原本本的樣子」共存的地方。從此以後，我們已經一去不可復返地從史迪夫特的世界過渡到卡夫卡的世界裡了。

以前，我雙親出發度假時，總是在火車離開前十分鐘才到火車站買車票；他們寓居鄉間旅館，而且最後一天才以現金向老闆結帳。他們還活在史迪夫特的世界裡。

我度假的方式完全不同了：我得提早兩個月前去旅行社排隊買票；那裡會有職員處理我的事情，替我打電話到法國航空公司，那裡又有我一輩子無緣認識的職員替我訂了一個機位，然後用一個代號將我的名字登入一張旅客名單裡面；至於旅館，我也得提早預訂。會有旅館的接待員透過電話將我的需求鍵入電腦，然後告訴他自己的小小行政體系；在我出發當天，工會組織的官僚和法國航空公司的官僚爭議之後決定發動罷工。這時，我得主動打好幾通電話，法國航空公司才一句道歉不說（K.身旁的人從不道歉；行政系統是比禮貌還高一階的東西）將機票款退給我，然後我再去買火車票；度假期間，我到處用信用卡付帳，而我每一頓晚餐在巴黎的銀行裡都有紀錄。這些資料必要時可供其他官僚調閱，比方稅務人員，或者，如果我涉及刑案，還可以供警方參考。為了小小一次度假，多少官僚職員得要動員起來，而我也成為自己生活的官僚（填寫問卷表格，寄發聲明書，將我檔案中的資料排列齊整）。

我父母的生活和我的生活之間的差異是不可以道里計的；官僚體系已經滲透到生活的每一層肌理。「K.以前認為行政系統和日常生活還不至於那樣難分難解。現在，兩者彼此已難分割，以至於他感覺到，行政和生活彼此已經互換位置。」（《城堡》）突然，所有生存的概念都改變了意義：

「自由」的概念：沒有任何機關單位禁止土地測量員K.去做自己想做的事；可是話說回來，就算掌握全盤自由，他又真正能做什麼？一個公民儘管享有各式權利，但他能夠改變切身的環境嗎？他能阻止人家在他樓下興建停車場，不准人家在他窗前裝置刺耳的擴音器嗎？他的自由不可限量，但也無計可施。

「私生活」的概念：儘管芙麗達是權勢極大的克朗姆（Klamm）的情婦，誰也沒有意圖阻止K.和她做愛；可是，城堡裡有多少雙眼睛盯著他看，而他的性行為每次都被觀察、被記錄；那兩位配給他的助理便是執行這項任務。當K.抱怨起那兩個人的糾纏時，芙麗達卻抗議道：「親愛的，你怎麼搞的，對助理怨聲不斷？我們反正也沒什麼可以瞞著他們呀。」誰也不會否認我們享有私生活的權利，但私生活和以前的已經大異其趣了：沒有任何秘密保護得了我們的私生活；不管我們人在哪裡，我們的蹤跡都會在電腦裡現形；芙麗達說：「我們反正也沒什麼可以瞞著他們的呀」；秘密，我們甚至也不強求了；私生活不再強求私密。

「時間」的概念：當一個人和另一個人對立起來的時候，兩個對等的時間也就對立起來：兩段有限生命的有限時間。今天，我們不再彼此對立起來，而是和行政系統對立起來，沒有所謂年輕或者年老，不知疲倦，長生不死、完全獨立在人類時間外的行政系統：人類和行政系統活在兩種截然不同的時間裡。我在報紙上讀到一則平凡無奇、關於一位法國小工業家破產的消息。他會破產，是因為他的債權人無法如期償還欠他的錢。那工業家覺得自己遭受無妄之災，所以要在司法前面為自己辯護，但是後來決定放棄：因為他的案子最快也要四年才能結案；審判過程漫長，但是人生苦短。這讓我想到卡夫卡《審判》裡的生意人布洛克（Block）：他的案子拖了五年半卻還不見任何判決；在這段期間裡，他不得不放棄自己的事業，因為「如果你想積極打場官司，那麼其他的事你就管不了了」（《審判》）。令土地測量員K.崩潰的不是什麼殘酷的事，而是城堡裡那非人性的時間；個人期待開庭，城堡將它一延再延；審判沒完沒了，生命很快走到盡頭。

「冒險」的概念：以前，這個詞意味對自由生命的禮讚；一個個人勇敢的決定啟動了一連串事件令人驚奇的連鎖反應。可是，這個冒險的概念卻完全和K.所經歷的無關。他之所以來到村裡，是因為城堡兩個單位間協調不良，錯把通知單寄到他手上。來到村裡並非他的自由意志驅使，而是一項「行政疏失」促成他一連串的冒險行動。這種冒險行動從本體論的角度看來是和唐吉訶德或者哈斯提尼亞克[51]的冒險全然不同的。由於官僚機器的龐大規模，從統計學的角度來看，錯誤變成不可避免；電腦的普及應用使得這些錯誤更難察覺而且更難補救。在我們那一切都被規劃、一切都被決定好的生命裡，唯一可能出乎意料之外的是行政機器出了差錯，以及出差錯後不可預測的後果。官僚制度所引發的錯誤竟成了我們這時代唯一有詩意的東西（黑色詩意）。

和「冒險」概念相關聯的便是「戰鬥」這一概念；K.在談起自己和城堡的紛爭時經常使用這個字眼。可是他那「戰鬥」的本質是什麼？不過就是和那些官僚見面數次外加漫長等待，一切徒勞無功。沒有肉搏之戰；我們的對手沒有肉身軀體，而是保險公司、社會福利制度、商業當局、司法單位、稅務單位、警察系統、縣市政府、鄉鎮公所等等。我們花費時間奮戰的場所竟是行政官僚的辦公室，等候室以及浩如煙海的檔案。戰鬥結束之後，等待我們的又是什麼？一場勝利？有的時候是。可是所謂「勝利」又指什麼？根據馬克斯·布

51. Rastignac，巴爾札克筆下人物。

羅德的見證，卡夫卡替《城堡》一書想出一個結局：經歷無數的爭吵擾攘之後，K.心力交瘁死了；臨終的時候，（我引述布羅德的話）「城堡傳來最終決定，K.原來沒有在村莊落腳的權利，可是當局考慮到某些客觀條件，還是允許他在當地居住和工作」。

躲藏在簾幕後的人生年歲

我讓記憶中的小說一本一本在我腦海魚貫而過，然後嘗試回想其中主角精確的年紀。說來奇怪，他們都比我印象中年輕。那是因為他們在各自作者的心目當中代表的該是人類某種普遍的情況而非一個特定年齡。法布利斯·戴爾·東果（Fabrice del Dongo）在冒險結束後，深刻體會到自己不願意在舊日的環境中繼續生活下去，於是便進了修道院。我對這種結尾安排一直覺得精采。只是法布利斯年紀未免太輕了點。一個像他那個年紀的男人，就算所經歷的失望多麼令他痛苦，如何忍受在修道院裡年復一年的日子？斯湯達爾只讓法布利斯在裡面活了一年就一命歸陰，算是破解了我們的疑問。密須金二十六歲，羅果金二十七歲，納絲塔西亞．非里波芙娜二十五歲，阿格拉依亞則只有二十歲，正是後者這個最年輕的，由於她那喪失理智的自發行為，結局的時候才會毀掉其他那些人的性命。然而，這些角色不成熟的個性並非以特別的形式被檢視的。杜斯妥也夫斯基向我們敘述的是人類的悲劇，而非年輕所導致的悲劇。

西奧杭（Cioran）原籍羅馬尼亞，一九三七年移居巴黎，那年他二十六歲；十年之後，他出版自己第一本以法文寫成的書，並成為他那時代數一數二的法文作家。到了九〇年代，當年對初生之納粹主義抱持寬宏態度的歐洲，卻以無比勇氣打擊納粹的舊日陰影。那是和過去歷史大算舊帳的時候，而年輕時代曾經在羅馬尼亞抱持法西斯思想的西奧杭突然成了話題人物。一九九五年，他以八十四歲的年紀撒手人寰。我翻開一份巴黎有名的報紙：滿滿兩頁都是悼文。沒有隻字片語談到他的作品；全部是悼文作者們對他年輕時代在羅馬尼亞的行為所做的評論，表現出的態度憤慨、反胃者有之，驚訝好奇都有之。他們好比替這了不起法語作家的遺體穿上了羅馬尼亞民俗服裝，並且強迫他躺在棺木裡面還要舉起手臂做法西斯式的敬禮似的。

過了不久，我閱讀了西奧杭在一九四九年，也就是他三十八歲那年，所寫的文章：「……以前我甚至無法回想自己的過去；如今當我回想起來，好像憶起『另一個人』已流逝的歲月。我否定這『另一個人』，因為整個『自我』已在其他地方，距離先前的『另一個人』已是千里之遙。」下文又道：「當我重新思索昔日我所發的所有譫妄言詞（……）我總覺得好像在觀察哪個陌生人的頑念，等到我意識到那個陌生人正是我本人的時候，那驚訝非同小可。」

他這文章吸引我的是一個人因為在當下的「我」和昔日的「我」之間找不到任何連繫時所表現出來的「驚訝」，對於謎樣的自我認同所表現出來的詫異。可是，你可能要說，這種驚訝是誠懇的嗎？當然是的！這種平凡的經驗大家應該都有：為什麼你會把這個哲學（宗教、藝術、政治）潮流加以嚴肅看待？或者（更通俗些）：為什麼你當時會愛上那麼蠢的女人（那麼笨的男人）？然而，對大多數的人來說，年輕歲月飛快流逝，所做的荒唐事也都煙消雲散，可是唯獨西奧杭的年輕歲月卻固若磐石保留下來；人們無法以同樣寬容的微笑，看待一個昔日可笑的戀人和一個昔日的法西斯主義者。

西奧杭在詫異之餘，重新回顧自己的年輕歲月，最後難免發出不平之鳴。我這裡還是引用他一九四九年寫的那篇文章：「不幸就不幸在當年我還年輕。鼓吹那些不寬容教條的人是年輕人，將其付諸實行的也是他們。他們酷嗜鮮血，需要叫喊、動亂以及野蠻行為。在我年輕的時代，整個歐洲都相信年輕人，都將他們推向政治、推向國家事務。」

在我身旁我見識過多少法布利斯．戴爾．東果，多少阿格拉伊亞，多少納絲塔西亞，多少密須金！他們所有人都才在人生未知的旅程上剛踏出第一步而已；他們毫無疑問是誤入歧途；但那是個別的失誤：他們偏離常軌，卻不知道自己偏離常軌；因為他們缺乏的經驗是雙重的：他們既不了解外在世界，同時也不了解自己；只有一旦長到大人年紀，有了回顧所需要的距離，年輕時的迷失如今在他們眼裡才看得出來。更值得注意的是：只因有了這種距離，他們才能夠明白「迷失」的意涵是什麼。身處當下，他們渾然不知有朝一日別人將用什麼眼光看待他們的過去，所以只能用更多的熱切去捍衛自己的信念。那種強度是成人在捍衛自己的信念時趕不上的，因為成人已經有了經驗，知道人世間一切表面肯定的事其實都是脆弱不堪的。

西奧杭對年輕的意見透露了一項明顯的事：如果在生和死之間劃定的道路上架設起觀察站，那麼從每個不同觀察站望出去，世界會顯得很不一樣，而駐足停留觀察的人每到一個觀察站，他的態度也會轉變。如果不先把對方的年紀列入考慮，那麼你也別想真正理解他。話說回來，這是多麼顯而易見的事，是的，甚至可以說是天經地義！可是只有意識形態上的「假性理所當然的事」（pseudo-evidences）才會第一眼就讓人看得清楚。一種關係人類存有的事實，如果它越理所當然，就越不容易一眼看穿。人生的年歲正是躲藏在簾幕後的。

早上的自由，晚上的自由

畢卡索二十六歲的那年畫出了自己生平第一幅立體派風格的畫：世界各地好幾個與他同輩的畫家都來加入他、追隨他。如果當時真有哪個六十幾歲的老頭子也來模仿他，畫起立體派的作品，那該是多怪異的事。因為年輕人的自由和老年人的自由是兩片不接壤的大陸。

歌德（老年時的歌德）曾在一首諷刺短詩裡提到：「年輕，你不愁沒有朋友，年老，你注定孤寂。」事實也是如此，當年輕人矢志服膺一些被肯定的理念，接受既定的形式時，他們總愛呼朋引類，集結成團；二十世紀初，德罕[52]和馬蒂斯曾一起在柯立奧（Collioure）的海灘一連住上好幾個星期，結果畫出來的圖風格彼此相似，都流露了野獸派的審美觀念；然而，他們誰也不覺得自己是對方的模仿者，事實上，他們的確沒有模仿彼此。

一九二四年安納托勒．法郎士[53]去世的時候，一些超現實主義者聯合起來為他寫了一篇好笑又蠢味十足的悼詞：「臭皮囊啊，我們可不喜歡你的同類！」這是艾呂亞[54]的傑作，他時年二十九歲。當年只有二十八歲的布賀東則寫道：「安納托勒．法郎士一死，人類無獨創性的奴顏婢膝就去了一大半。大家熱烈歡迎吧，在這個日子裡，狡猾、保守主義、愛國主義、投機主義、懷疑

52. Derain，法國畫家，一八八〇～一九五四年。
53. Anatole France，法國作家，一八四四～一九二四年。
54. Eluard，法國超現實詩人，一八九五～一九五二年。

主義、寫實主義以及沒有真心都全被埋進土裡吧！」當年才二十七歲的阿哈貢則發表道：「但願那個剛死的人從此化作一陣輕煙！雖然他留下的東西很少，但只要一想起，甚至只要想起他曾活過就教人大大掃興了。」

西奧杭的文字這時又浮現我的腦海。他說年輕人「酷嗜鮮血，需要叫喊、騷動……」；可是我急著要補上一句：這些對一些偉大小說家進行鞭屍的年輕詩人並不因此就沒資格做一流詩人，他們的作品依舊教人讚嘆；他們的天分和他們的愚蠢是從同一個源頭迸射出來的。他們對於過去表現出充滿猛力（也就是抒情的）的攻擊性，但是也用同樣的猛力（抒情的）將自己奉獻給未來。

畢卡索年老的一天終於來臨。他變得形單影隻，被昔日他那幫人離棄了，也被繪畫史遺忘了，因為在這期間，繪畫的發展走上另外一個方向。他卻毫無遺憾，帶著享樂主義的人生觀（他的繪畫從不像這時期一樣，洋溢著興奮愉快的心情）住到陳設著自己藝術作品的房子裡。他很清楚，所謂的「新」並不只往前走在康莊大道上，而是時左時右，時上時下，甚至時而後退，在他那個不可被模仿複製的世界裡，在那個只隸屬於他的世界裡（因為沒有人模仿他），走在每個可能的方向：年輕人只模仿年輕人；而老人絕不會模仿老人。

對一位革新派的年輕藝術家而言，要吸引廣大群眾，要讓自己獲得大家喜愛，這可不是容易的事。可是等到後來，當他受到遲暮之年的自由所啟發，再度改變自己風格、放棄別人加在他身上的固定印象時，大眾便遲疑起來，要不要接受這種轉變。費里尼是早年義大利電影那群年輕菁英的一分子（這個傳統已經蕩然無存）。很長一段時間裡，他享有各界對他一致的尊崇。一九七三年他拍了最後一部抒情影片《阿瑪珂德》（Amarcord），其中所流露的抒情美是大家有目共睹的。接著他的奇思幻想開始豪爽揮灑起來，他的眼光也變得銳利；他的詩意變成反抒情的，他的現代主義變成反現代的。他人生最後十五年所拍攝的七部電影正是對我們現實世界最不寬容的描繪：《卡薩諾瓦》（Casanova）（最誇張極端的性被炫耀展示）；《樂團排演》（Prova d'orchestra）；《女人城》（Cité des femmes）；《揚帆》（歐洲像一艘駛向虛無的，在歌劇的曲調中向它道別）；《舞國》（Ginger et Fred）；《訪談錄》（Intervista）（向電影藝術、向現代藝術、向藝術的永別）；《月吟》（La voce della luna）（最後道別）。在這十幾年當中，各式影展、媒體、大眾（甚至製片人）都被他那苛求的審美標準，被他那種對現代社會悲觀的態度所激怒，以至於紛紛掉頭而去；而他也在不必再有顧忌的情況下，開始品嘗「不必負責的快樂滋味」（我用的是引文），這是他人生至此尚未見識過的自由。

在人生最後的十年中，貝多芬不再對維也納以及它的貴族階級還有它的音樂家抱持什麼期望，因為他們雖然仍舊尊崇他，但已不聽他的音樂；而他本人因為耳聾，也不聽那些維也納音樂家的音樂；他已經攀登到自己藝術的頂峰；他的奏鳴曲和四重奏和其他人的音樂都不相同；這些作品結構複雜，和古典主義音樂已經大異其趣，但又不是年輕浪漫派音樂家那種自然容易的風格；在音樂的演進上，他開啟了一條無人追隨的道路；沒有弟子，沒有追隨者，他晚年自由揮灑的作品是項奇蹟，是個孤島。

第七部

小說，回憶，遺忘

亞梅莉

未來就算不會有人再讀福婁拜的小說，他那一句：「包法利夫人，就是我。」的名言卻永遠不會被人遺忘。其實這個有名的句子並非出自福婁拜的手。那是一位名叫亞梅莉・波士凱（Amélie Bosquet）的平庸女小說家所寫的。她出於對朋友福婁拜的喜愛，因此針對《情感教育》寫了兩篇愚不可及的文章。亞梅莉有天向一位今天我們不知其姓名的人透露了一項非常寶貴的訊息：某日，她向福婁拜問道，艾瑪・包法利是根據哪個人塑造出來的，據說福婁拜便回答她道：「包法利夫人，就是我！」那位陌生人聽了覺得印象深刻，於是把它說給一位姓戴薛賀姆（Deschermes）的人聽。後者一聽也是印象深刻，於是便把這句話傳開來。這個不可靠的傳言結果引發多如牛毛的評論。該現象說明了文學理論多麼瑣碎無益，只是不斷重複絮叨作者心理狀態如何如何的陳腔濫調罷了。它也清楚告訴我們「回憶」究竟是怎麼回事。

遺忘抹滅一切，回憶改變一切

我想起高中畢業二十年後同班同學的聚會：J.神色愉快地對我說道：「我一直記得你曾對我們的數學老師說過：狗屎，老師！」可是「狗屎」一詞在捷克語的發音殊為不雅，我一想到就要反胃，所以我百分之百確定自己絕對沒用過那個詞。然而圍繞在我們身旁的老同學全都笑得東倒西歪，每個人都裝出記得我那大膽行為的樣子。我當時明白鄭重闢謠根本無濟於事，我也只好報以淺笑，將抗議的語言吞落肚裡。說起來慚愧，看見自己被捧為英雄，成了對那該死老師當面罵髒話的英雄，其實我心裡是滿得意的。

所有的人都經歷過這樣的事情。在交談的過程中，當人家引述你以前說過的話時，我們幾乎要認不出自己了。最好的情況是，我們的語言被人粗暴地簡化了，有時候更被曲解了（比方一句諷刺的話被拿來認真看待），經常引述的話竟和你可能會說出的話完全不相干。然而你對這種現象不必吃驚更不必懷疑，因為這是最自然不過的事：人類和過去乖離（即便是幾秒鐘前的過去），那是兩種力量立即生效而且合作無間的結果：遺忘的力量（抹滅一切）和回憶的力量（改變一切）。

不錯，這是自然而然的事，只是我們很難認同而已；因為，如果你往深處鍥而不捨去想，那麼歷史書寫所仰仗的那些見證人怎麼辨？那麼我們對歷史上那些確定的史實該怎麼辨？而歷史本身又該如何？那個我們每天自然而然、毫不猜疑地參照的歷史又該如何？無可置疑的史實（拿破崙在滑鐵盧之役時慘敗是不爭的事）只如狹窄的森林邊緣地帶，而這地帶再往裡走便是浩瀚無垠的森林，充斥著大約估算的成分，無中生有的成分，歪曲事實的成分，過度簡化的成分，誇張失真的成分，誤解的成分，總之是片看不到盡頭的「非真理」空間。在這空間裡，上述的成分不斷交配繁衍，好像鼠輩，然後成為永垂不朽的記載。

小說像是永遠不會遺忘的烏托邦

遺忘的永恆作用使得我們的每項行為都呈現出不真實、幻影似的、煙霧一般縹緲的特徵。前天晚上我們吃了什麼？昨天朋友對我說過什麼？甚至：三秒鐘前我在想些什麼？這些都被忘掉了，而且（最糟糕的是）也只能走上這唯一的路途。我們的現實世界本質就是稍縱即逝，而且只配被人忘得一乾二淨。但是藝術作品則雄偉矗立起來，像是另外一個世界，一個理想的、堅實的世界。在那裡面，每個細節都有它的重要性，它的意義。所有身處其中的，每一字，每一句都得以不被遺忘，而且以原本的樣貌被保留下來。

然而，藝術的領會也逃不過遺忘的力量。但要說得精確一些，面對遺忘，每門藝術都處於不同的位置上。從這個角度查考，詩歌應算是最得天獨厚的。閱讀波德萊爾商籟詩的人是一個字也不能錯過的。如果對這作品愛不釋手，那就不妨多讀幾次，或許也可以高聲朗誦一番。要是喜歡它喜歡到無以復加的地步，那就背起來吧。抒情詩可以說是記憶的萬里長城。

相反地，面對遺忘這個敵人，小說只像一座戍守兵力不足的城堡。如果一小時能讀個二十頁，那麼一本四百頁的小說就要耗去我二十個小時的時間，大概是一星期的閱讀量了。很少有機會能夠一整個星期都閒著。比較常遇到的情況是：在閱讀的段落與段落間，常常一停就是好幾天，而在這期間，遺忘的大軍就攻進來了。不過，遺忘可不只選在這停頓的間隙大舉侵犯。就算你孜孜不倦，抱了一本小說從頭一直讀下去，它也會伺機出擊；我們翻過一頁之後，剛才讀的便已忘得淨盡。所記得的，唯有梗概性的東西，讓我們得以了解接下去要發生的事，而其他所有的細節，那些細膩的觀察，那些令人讚賞的佳句已經想不起來了。過了幾年，哪天突然想向朋友提起這本小說時，因為記憶底層只剩下殘缺不全的片段，所以重建起來的作品應該和原作有可觀的差異了。

可是，小說家寫小說時和詩人寫商籟詩時的態度是一樣的。各位瞧他。他會他對於呈現在腦海中的作品架構感覺驚奇：每個細節在他看來都很重要。他會將某個細節轉變成一個主題，像賦格曲一樣，不斷在作品裡重複，寫出變奏、點出暗示。這也就是為什麼可以確定小說的後半部一定比前半部更精采，更有張力；因為我們一旦在小說這座城堡的廳堂裡越往前邁進的時候，那些曾經說過的句子，曾經鋪陳的主題就會像回音一樣越來越多，然後彼此以和諧的方式契合起來，從四面八方交響起來。

我想起《情感教育》最後的那幾頁：弗雷德利克再見過阿賀努夫人最後一次之後便和年輕時代的老友戴洛希耶碰面。他們心情鬱悶之餘便一起回憶起自己第一次逛妓院的經驗。弗雷德利克那時十五歲，而戴洛希耶則是十八歲；那時他們彷彿是準備談戀愛的人，每個人手裡都捧了一束鮮花；妓女們見狀個個笑得開懷，結果弗雷德利克嚇得半死，落荒而逃，而戴洛希耶也踵隨其後溜了。回憶是美好的，因為那讓他們想起兩人間的長遠友誼。雖然這段友誼曾因他們彼此背叛而數度蒙上陰影，但是有著三十年的穩固根基，這段交情還是有它的價值，也許更是最寶貴的。弗雷德利克說道：「那就是我們擁有過最美好的東西。」而戴洛希耶也跟著喃喃說了同一句話。他們的情感教育到此劃下句點，這也是該小說的結尾。

小說這樣就結束，有許多人其實不能苟同。大部分認為太粗俗了。太粗俗了？果真如此嗎？我可以替他們提出另一個比較有說服力的批判：小說在結尾時提出新的主題，這是結構上的缺陷；好比交響樂到了最後幾個小節，作曲家不回到主題，反而另闢蹊徑，突然滑入一個新的旋律。

沒錯，後面這個批判要更有說服力。可是，逛妓院這個主題可不是新的；它並不是「突然」出現的。其實在小說前面，第一部分第二章結束的時候便提出了。弗雷德利克和戴洛希耶當時年紀還非常輕。那天他們一起度過了愉快的一天（這一章都在描述他們的友誼）。分手的時刻，他們都不約而同「朝左岸望去，看到一間低矮房子的窗戶透出燈光」。這個時候，戴洛希耶像在演戲似的將帽子摘下，然後誇張地說出幾個謎樣的句子。「這個對於共同冒險經驗的暗示惹得兩人開心極了。他們笑聲迴盪，就在街上。」然而，福婁拜並沒有明白指出所謂「共同冒險經驗」說的是什麼。作者一路秘而不宣，直到小說結尾，先前那陣開懷的笑（「他們笑聲迴盪，就在街上」）才和兩個人物最後那幾句話的感傷氣氛結合起來，成為一個極細膩的和諧呼應。

雖然福婁拜在寫作的過程中不時聽到那聲代表友情的笑，他的讀者卻讀過立刻忘了。結果故事說到最後，逛妓院的往事被提出來，然而讀者已經無法將它和前文聯想起來；他完全聽不出前後唱和的美妙和諧。

面對那摧毀一切的遺忘，小說家應該如何是好？他才不去理睬，而且將他的小說打造得好似一座標幟永矢弗諼的堅固城堡，即便他知道讀者只是漫不經心、步伐匆促、看東忘西地參觀這座城堡，從來不會住在裡面。

結構

《安娜．卡列尼娜》的敘事主軸有兩條：安娜的主軸（通姦和自殺的悲劇）以及勒汶（Levine）的主軸（多少算是幸福的伴侶生活）。第七部分結束時安娜自殺了。接著開始小說的第八部分，也是最後一個部分，專門處理勒汶這條主軸。這對傳統布局而言明顯是種違背；因為在讀者看來，女主角的死是唯一能作為這本小說結局的。可是到了第八部分，女主角已經不在檯面上了；她的故事只剩一個微弱回聲，回憶也已躡手躡腳遠離開去；這樣很美，也頗真實；只有伏隆斯基傷心欲絕，最後遠赴塞爾維亞，以便在對抗土耳其人的戰爭中了卻殘生；甚至他那行為的偉大性也被相對化了；第八部分的情節幾乎全部發生在勒汶的農莊。勒汶在閒談當中嘲笑那些志願替塞爾維亞人打仗的人都患有泛斯拉夫的歇斯底里症；此外，勒汶對那場戰爭關心的程度遠遠不及他對人和神的思考；這些思緒片段總會在他農忙的時候浮現腦際，和那日常生活的散文性平凡性結合起來，好像是對一場愛情悲劇的最終遺忘。

托爾斯泰將安娜的故事放置在浩瀚無垠的空間裡面。最後這故事便在遺忘君臨的無限時間流裡消融不見。作者服膺了小說藝術最根本的傾向。年代湮遠的時期，「敘述」這項活動便已存在，但是只有作者不再滿足於僅說單一「故事」（story）這階段時，想要更進一步對周遭世界開啟一扇扇的大窗時，小說這門藝術才正式誕生。因此對於單一故事，作者又加進其他故事，一些插曲、一些描寫、一些觀察、一些思考，於是他從此要面對非常複雜、異質性又高的材料。面對這些材料，他得像個建築師一樣，賦予它一個形式；因此，在小說藝術的領域裡，從它誕生的那一刻開始，結構（建築）便成了最重要的東西。

結構非比尋常的重要性正是小說藝術基因裡的一項成分；它使小說和文學藝術其他類別區隔開來，比方戲劇作品（這種文類的結構自由性嚴格受限於演出的時間以及無論如何要持續抓住觀眾注意力的考量），比方詩歌。關於這點，波德萊爾，那位無與倫比的波德萊爾，居然一直使用多少先進後輩也使用的十二音節詩行以及商籟詩體來進行詩歌創作！這和小說創作相比簡直匪夷所思。不過，那就是詩藝的特質：它的原創性是透過想像的力量迸射出來，而不是整體的結構如何；反過來看，小說的美是和它的結構息息相關的；我說是「美」，因為結構不是簡單技術層面上的知識而已。它涵蓋了一位作者風格的原創性（杜斯妥也夫斯基所有的小說都建築在相同的結構原則上面）；而結構也是每本個別小說的身分證（在相同的結構原則上面，杜斯妥也夫斯基的每本小說都各有其無法模仿的獨特結構）。結構的重要性或許在二十世紀那些一流的小說中更被凸顯出來：《尤里西斯》網羅各式不同的風格；《費爾迪杜爾克》那「無賴漢」式的情節以兩段滑稽片段隔成三個部分，而那兩個片段和小說情節絲毫沒有關聯。《夢遊者》的第三冊將五種不同的文類（小說、短篇小說、報導文學、詩歌、隨筆）冶於一爐而成整體；福克納（Faulkner）的《野棕櫚》由兩個彼此完全獨立的故事構成，之間完全沒有關聯；等等。

如果有朝一日小說的歷史終結了，那麼那些留下來的偉大小說將會遭逢何種命運？有些作品是無法敘述的，因此也就無法加以改編（像《龐大固埃》、《崔斯川．商第》、《宿命論者雅克和他的主人》、《尤里西斯》等等便是）。它們只能以原貌流傳下來或者從此消失。其他的作品因為具有故事性，似乎能被敘述（比方《安娜．卡列尼娜》、《白癡》、《審判》等等），因此也就可以改編成電影、電視、戲劇、漫畫。不過這種「不朽性」只是幻象！因為要將一本小說改變成戲劇或是電影，那首先得要拿掉它原來的結構；將它縮成單純的「故事」；等於放棄它的形式。可是，一件藝術作品一旦被剝奪形式之後，還能剩下什麼？大家會想：改編一本偉大小說是延續它生命的理想做法吧。但是此舉就好比建造一座宏偉的陵寢，但是裡面空空如也，只有大理石上刻著一行小字，指出已不在那其中之墓主人的名字。

被遺忘的誕生

今天，誰還記得一九六八年俄羅斯軍隊入侵捷克斯洛伐克的史實？在我的生命裡，那卻是一場大火災。不過，要是讓我寫出對那時代的回憶，那麼結果一定很不理想，一定充斥錯誤、充斥非蓄意的謊言。可是除了「只敘事實，不加評論的記憶」（mémoire factuelle）以外，還有另外一種記憶：我那小小祖國在我看來已被剝奪了最後一點的獨立尊嚴，「永遠」被一個陌生外來的巨大世界所吞噬；那時我還以為開始見識祖國進入臨終的階段了；當然，我是錯估了情勢；然而，我的推測儘管謬誤（或許反而得感謝它），有個夠分量的經驗便在我「主觀存有的記憶」（mémoire existentielle）裡深植下來：從此我知道了任何法國人、任何美國人都不知道的東西；我終於明白，經歷自己國家滅亡的過程究竟是怎麼回事。

因為被它死亡的意象所吸引，我開始想像它的誕生，說得更精確些，應該是它的二度誕生。它的復活遲至十七、十八世紀以後。在十七、十八兩個世紀當中，捷克語的書籍、學校教育、行政組織都蕩然無存，而捷克語文（以前曾經是揚·胡斯和柯梅紐斯[55]所用的偉大語文）也只能在德語的陰影下湊合度日，淪為只在家中才使用的語言；我想到捷克十九世紀的作家和藝術家。他們

55. Comenius，捷克人文主義者，一五九二～一六七〇年。

在奇蹟式的短暫時間裡，喚醒了整個沉睡的國族；我想到了史梅塔納。他甚至不懂得用捷克文寫個像樣的東西。他連寫日記都用德文，可是卻成了整個國族最具象徵性的人物。好個獨一無二的情況：當時所有的捷克人都能使用雙語，就看他們如何抉擇：要誕生還是不要誕生。有個叫做蕭爾（Hubert Gordon Schauer）的捷克人便一針見血地提出這問題的關鍵點：「如果我們將自己的精神力量和一個大國已經高度成熟的文化結合，而不是和捷克初生的文化結合，那麼我們對人類社會是不是更有幫助？」不過，捷克人終究寧可選擇一個「初生的文化」，而不是德國人成熟的文化。

我試著想瞭解他們。愛國主義究竟有何吸引人的地方？會不會是在陌生國度旅行的那種吸引力？還是對於光榮過去的懷念？還是隸屬於一個朋友圈子的樂趣（那些亟欲從虛無中創造出一個新世界的朋友）？還是一種寧願選擇弱方也不要趨附強方高尚的慷慨心態？還是不僅想創造出一首詩、一個劇本，一個政治團體而已，還要重建整個國族，即使它的語言已經消失了一半？我距離那個年代才三、四個世代而已，不過卻很驚訝發現，自己完全沒有辦法走回祖先的位置，在想像中重建他們所經歷過的具體情況。

在俄羅斯士兵閒步的那些街道中，我很驚恐地想到，會不會有一支盛氣凌人的武力前來阻撓我們，不讓我們維持既有的樣子？與此同時，我驚訝地注意到，我們並不知道自己如何或是為何會變成我們當時的樣子；我那時甚至無法確定，如果時間倒流一百年，我是不是會選擇做個捷克人，我並不缺乏對於歷史事件的知識。我需要的是另一種知識，就像福婁拜可能會說的那種深入歷史情況「靈魂」的知識。或許有哪本小說，哪本偉大的小說能幫助我了解那時代的捷克人是如何做出決定的。可是，這種小說並沒有寫出來。在那關鍵時代，如此重要的小說缺席了，它是無法彌補的損失，歷史上多得是這種例子。

忘不了的遺忘

我離開那被綁架的小祖國後才幾個月，便有機會踏上法屬馬丁尼克島的土地。或許有一段時間我試著要忘掉自己移民的身分。然而那是無法辦到的事：我一向對世界各小國的命運前途異常敏感，所以那裡的一切又使我回憶起我的波希米亞；特別是當我和馬丁尼克島初次邂逅時，該島的文化正在熱切尋找屬於它自己的人格。

那時候我對這個島嶼有多少認識？完全沒有。我只聽過那裡本土詩人塞澤爾（Aimé Césaire）的名字，十七歲那年在一本戰後前衛的捷克文雜誌中讀過他的翻譯詩作而已。對我而言，馬丁尼克島即是塞澤爾島。事實上，當我踏上這座島的土地時，它就是以這個面貌呈現在我眼前的。當時塞澤爾是法蘭西堡（Fort-de-France）的市長。我每天都在市政府旁邊看到一群人，等著和他說話，向他詢問意見，期待得到他的建議。此後我再也沒有見過人民和代表他們意見的人能有如此親近的接觸。

詩人作為一種文化，一個國族奠基者的例子，在我那中歐的環境裡也是屢見不鮮的；比方波蘭的米基維次[56]、匈牙利的培特飛[57]、波希米亞的馬哈[58]。可是馬哈是個時運不濟的人，米基維次是個移民，而培特飛則是個年輕的革命分子，一八四九年便戰死沙場了。塞澤爾具有那些中歐詩人沒有的經驗：同胞們公開對他表示的敬愛。還有，塞澤爾並不是十九世紀的浪漫派詩人，他是一位現代詩人，是韓波的繼承人，是超現實主義者的好朋友。中歐諸小國的文學將根生在浪漫主義的土壤裡，而馬丁尼克（所有安第列斯的島嶼也是）的則發軔於現代藝術的美學體系。這點讓我十分驚奇！

引發當地美學運動的正是塞澤爾的一首詩作：〈歸鄉札記〉（Cahier d'un retour au pays natal，一九三九年）；一位黑人回到一座黑人的安第列斯島嶼；沒有任何浪漫主義成分，沒有任何理想化（塞澤爾不用「黑人」〔Noirs〕這一正式字眼，反而故意用「黑佬」〔négres〕這個俗字）。那首詩單刀直入，不假任何修飾便問道：「我們是誰？」天哪，歸根究柢，他們究竟是誰，這些安第列斯的黑人？他們的祖先在十七世紀的時候被殖民者從非洲送到加勒比海；可是從非洲的哪裡？他們從哪個部落出發的？他們說的是什麼語言？過去的歷史都被遺忘掉了，被斷頭了。他們擠在髒污的底艙裡，經過漫長的旅行，四周是橫陳死屍，尖叫盈耳，血淚揮灑，有人自殺，有人被殺。經過這趟地獄

56. Adam Mickiewicz，波蘭詩人，一七九八～一八五五年。
57. Sandor Petofi，匈牙利詩人及國家英雄，一八二三～一八四九年。
58. Karel Hynek Macha，捷克詩人，一八一〇～一八三六年。

之行，他們一無所有，唯有遺忘：「扮演奠基者角色的遺忘，根本的遺忘。」

遺忘是個忘不了的衝擊。這個衝擊使得奴隸之島轉變成為夢想之島；因為馬丁尼克島的居民唯有透過夢想方能想像自己的存在，創造他們「主觀存有的記憶」。這個忘不了的衝擊將民間通俗的說故事人拉抬到「談身分認同的詩人」（poètes de l'identité）的地位（夏穆瓦索〔Patrick Chamoiseau〕正是為了向他們致敬才寫了《偉大的索立伯》〔Solibo magnifique〕），而且不久以後，他們那可觀的口述文學傳統，那帶有幻奇成分，狂熱成分的傳統將由小說家來繼承。這些小說家我很喜歡他們；說來奇怪，我覺得他們和我特別親近（不僅只是馬丁尼克作家，還有海地作家，比方和我一樣都是移民的德貝特赫〔René Depestre〕以及一九六一年被處決的阿雷克西斯〔Jacques Stephen Alexis〕）；他們的小說都極富原創性（夢、魔術和幻奇成分是這些作品最常出現的元素），不僅對他們所在的島嶼非常重要，而且（我要特別強調這罕有的現象）對小說的現代藝術，對「世界文學」（Weltliteratur）同樣貢獻卓著。

被遺忘的歐洲

而我們，在歐洲的我們，究竟是誰？

我想起斐德利須・施雷格爾[59]在十八世紀最末幾年所寫過的話：「法國大革命、歌德的《維廉邁斯特》（Wilhelm Meister）和費希特（Fichte）的《科學論》（Wissenschaftslehre）都是我們這時代『最重要的趨勢』（die grössten Tendenzen des Zeitalters）」。將一本小說和一本哲學著作跟一件重大的政治事件排在一起，這就是歐洲了。它的鼻祖是笛卡兒和塞萬提斯：現代的歐洲。

我們很難想像，打個比方，三十年前會有人寫出：去殖民地化、海德格關於科技的批判，以及費里尼的電影代表了我們這一時代最重要的趨勢。這種思維方式和現代人的心靈格格不入了。

那今天呢？有誰敢把一件文化的作品（藝術領域的、思想領域的）和

59. Friedrich Schlegel，德國新教神學家，一七六八～一八三四年。

（比方）歐洲共產主義崩潰這大事，賦予同等重要的地位？

這種有分量的作品難道不再有了？

或者只是因為我們喪失將它認出來的能力？

這些問題其實沒有意義。施雷格爾的那個現代歐洲已經不存在了。今天我們所處的歐洲已經不在自己藝術和哲學的鏡子裡尋找自我的認同。

可是鏡子在哪裡呢？哪裡可以觀看我們的面貌？

小說是橫跨世紀、穿越大陸的旅行

阿勒卓．卡朋提爾[60]的小說《豎琴與陰影》（Le Harpe et l'Ombre，一九七九年）由三個部分組成。第一個部分將場景放在十九世紀初的智利，也就是未來的庇護九世（Pie區）教皇住了一段時間的地方。他堅信發現新大陸是現代基督教世界最光榮的大事。於是他發願要傾畢生的精力將哥倫布封為聖徒。小說的第二部分一下子將我們拉回三百年前：哥倫布現身說法向讀者敘述發現美洲大陸那令人難以置信的冒險行動。到了第三部分，時間又往後推到哥倫布死後的四百年。這裡，隱形的哥倫布參加了一場宗教會議，在與會人士炫學而且異想紛陳的討論之後（我們已經來到後卡夫卡的年代，似真與失真的疆界已不再受到嚴格監守），決定不要將他封為聖徒。

在同一件作品的架構中放進三個完全不同的歷史背景。這就是新的可能性其中的一項。這些布局以前是無法想像的，現在卻向二十世紀的小說藝術開展出來，因為這時代的小說已經知道自己應該放棄對角色心理狀態的關心，並且過渡到廣義上關於存有的問題系統裡面。這種問題系統是一般性的、超越自我個體上的；我再一次又回到《夢遊者》那本作品。作者赫曼．布洛赫為了展現歐洲的存有已經被「價值觀崩潰」的潮流所淹沒，於是特別刻畫三個分開來的不同歷史時期，那是歐洲墮入其文化和存在理由最終崩解前步下的三級階梯。

布洛赫為小說形式開啟了一條新的道路。那麼卡朋提爾的作品是不是也處於相同的道路上？當然是的。沒有任何一位偉大的小說家會在小說史裡銷聲匿跡的。然而，在相似的形式背後卻隱藏著不同的意圖。經過幾個不同歷史時

60. Alejo Carpentier，古巴作家兼音樂學家，一九〇四～一九八〇年。

期的比對，卡朋提爾並不嘗試要揭開「大衰退」（Grande Agonie）的秘密；他不是歐洲人；在他的大鐘上（整個安第列斯群島和整個拉丁美洲的大鐘），指針距離午夜還很遠；他不會問自己：「為什麼我們得要消失？」只會問：「為什麼我們得生出來？」

為什麼我們得降生於世？還有，我們是誰？我們的土地，我們的「吾土」（terra nostra）又在何方？如果我們動不動就只會拿純粹內省式的回憶去探索認同的謎面，那麼我們最後還是無法理解太多事情。「想要了解就得比較」，這是布洛赫的名言；必須把認同的問題用參考對照的方法加以探究；就像卡朋提爾在《啟蒙世紀》（Le siècle des lumières，一九五八年）一書裡說的：應該將法國大革命和它發生在安第列斯群島的類似運動對比起來（巴黎的斷頭台和瓜德盧普島的斷頭台對比起來）；十八世紀墨西哥的某位殖民者（參閱卡朋提爾那一九七四年寫的《巴洛克音樂會》〔concert baroque〕），該在義大利和韓德爾、韋瓦第、史卡拉提（甚至和史特拉汶斯基、阿姆斯壯）等人對話，以便讓我們見識拉丁美洲和歐洲那神奇的對照。一個工人和一個妓女間的愛情故事（參閱阿雷克西斯所著《轉瞬之間》〔L'Espace d'un cillement，一九五九年」）應該發生在海地的一間妓院裡，而背景卻是完全外國風貌（因為顧客都是北美洲來的水手）；因為英國和西班牙在美洲之殖民勢力的衝突到處可以嗅聞得到；卡洛斯．富安蒂斯的小說《異鄉老人》（Le Vieux Gringo，一九八三年）的主角是個在墨西哥革命中迷失的年老北美人。他說道：「哈里耶特小姐，睜開妳的眼睛，而且請妳別忘了：我們屠殺了紅番，可是卻沒有勇氣和印第安女人行淫一番，好歹至少可以造就一個混血的新族群。」透過這番言詞，作者抓住了兩種美洲之間存在的差異。兩種美洲，可是那也是殘酷的兩種對立原型：深植於蔑視裡的美洲（喜歡遙控殺人，不用接觸敵人，甚至無需看他）以及以不斷親近接觸來滋養自己的美洲（希望一面注視敵人眼睛，一面將他殺掉）……

所有這些小說家都熱愛對比的手法，這同時也是因為他們需要呼吸、需要空間：企盼新的形式；我想到富安蒂斯的《吾土》（一九七五年），這本書可比穿越數個世紀、橫跨各洲大陸的壯闊旅行；書中我們老是遇到相同的人物，由於作者那令人迷醉的幻奇手法，這些人物會在不同的歷史時代以相同的名字重生；他們的存在確保了小說組織架構的完整性。在小說形式的發展過程裡，富安蒂斯的手法教人不可思議，好像一塊里程碑，矗立在可能性範圍的最邊緣地帶。

記憶劇場

在《吾土》裡面，有位非常博學但是瘋瘋癲癲的人物。他擁有一間奇特的實驗室，名叫「記憶劇場」。那裡面有一個中世紀的神妙裝置，可以在銀幕上投射出所有已經發生過的事件或是「本來可以發生」卻沒發生的事件；根據作者看法，在「科學記憶」之外另外還有「詩人記憶」。後面這種記憶可將真實歷史以及所有可能事件加總起來，成為「對整體過去的整體認識」。

富安蒂斯彷彿受到那位瘋癲博學之士的影響，在《吾土》中將西班牙的歷史人物（列王列后）推上表演台上，可是他們的經歷卻和歷史上真正發生過的不一樣；富安蒂斯在自己那「記憶劇場」的銀幕上所投射的不是西班牙的歷史；那是「對西班牙史這主題的奇幻變奏」。

從這裡我又想到布朗迪斯（Kazimierz Brandys）《第三位亨利》（Troisième

Henri）裡面很有趣的一段：在美國一所大學裡面，有位教授波蘭文學史的波蘭移民老師；他認為反正沒有人知道波蘭文學是什麼，於是出於好玩的心理，便編造出一個想像的波蘭文學史，其中盡是假的作家和假的作品。學年結束了，這位教授卻奇怪地感到失望，因為他發現，這個捏造出來的文學史其實本質上和真的文學史不太能夠區分。他並沒有編出任何本來絕不可能發生的東西，而且他這故弄玄虛反而忠實反映了波蘭文學的特質。

侯貝爾・穆西勒也有他自己的「記憶劇場」；他在其中觀察了維也納一個威權十足機構的所作所為。這個名為「平行活動」（l'Action parallèle）的機構要為皇帝一九一四年的生日舉行慶祝活動，但同時要將這活動包裝為泛歐洲的和平盛會（沒錯，又是一個超大的黑色笑話！）；整本《無用之人》，洋洋灑灑的兩千頁裡，劇情就圍繞在這個重要的知識、政治、外交、社交的機構打轉。而這個機構純粹出於作者的想像罷了。

穆西勒被現代人生命中的秘密深深吸引。他認為歷史事件其實是（我引述他的話）「Vertauschbar」（可轉換的，可互換的）；因為戰爭的日期、征服者以及被征服者的名字、各種政治上的措施等等，都是對換和變異的結果，其邊際乃受高深不可見的力量所決定。經常，這些力量在歷史變異形式中會比歷史實際發生的形式中遠遠更具啟示性。

對於延續性的意識

你告訴我說他們討厭你？可是，你說的「他們」究竟什麼意思？每個人討厭你的方式都不一樣，而且請相信我，其中還有一些其實是愛你的。文法好像變戲法一樣，它有本事將一大群個體轉化為單一整體、單一主體，稱作「我們」、「他們」的主體，這些在具體的現實裡根本不存在的主體。年老的班靄荻死在一個大家庭裡。福克納（參閱他寫的《出殯現形記》〔Tandis que j'agonise，一九三〇年〕）敘述了她躺在棺木裡被送到美國一個偏僻角落的公墓裡。故事的主角其實是一個群體、一個家庭；那是「他們的」遺體，「他們的」旅程。福克納透過小說的形式將複數的詭譎給破解了：因為敘述者不再只有一位，而是角色本身（共有十五位），在六十個短短篇章中，以各自的方式敘述班靄荻病情加重期的情況。

福克納這本小說裡有個令人相當驚訝的傾向，那便是摧毀「複數人稱的文法騙局」以及由這「騙局」所招致的「單一敘述者的威權」。其實這種傾向在小說藝術的早期便已萌芽，比方流行於十八世紀的「書信體小說」便是。這種形式斷然顛覆了「故事」（Story）和人物之間的關係：如今不再是故事的邏輯單獨作主，決定哪個人物該出場，哪個時間該出場，因為人物被解放出來，取得發言的自由，自己搖身一變成為故事情節的主人；所謂一封信，它的定義就是通信人的內心獨白，他在這裡說出他想要的，享有東拉西扯的自由，享有轉換主題的權利。

我一想到「書信體小說」以及它無窮的可能性就覺得目眩神迷；我越是深入去想，我就越覺得這個領域裡的可能性尚未被開拓，甚至還沒有被察覺：唉呀，作者應該可以用樸實不造作的方式將各種東拉西扯，各種插曲，各種思考反省，各種回憶全放進一本教人吃驚的作品裡，另外不妨再將相同一個事件的各種版本和詮釋方法對照起來！可惜，「書信體小說」裡只有理查生[61]和盧

61. Richardson，英國小說家，一六八九～一七六一年。

梭，沒有勞倫斯．斯騰恩。這種體裁的小說放棄了可以享有的自由，被「故事」暴虐式的威權所催眠了。我想起富安蒂斯筆下那個瘋癲的博學之士，然後心裡有個感觸：一門藝術的歷史（一門藝術的「整體過去」不僅只包括它所實際創作出來的，應該還要把它「本來可以」創作出來的也算進去），也就是說，同時包括完成面世的作品以及可以創造出來只是沒付諸實現的作品；這點就按下不表了；倒是有一本偉大的書信體小說，它不受時間的侵蝕，如今依然受人重視：拉克洛（Choderlos de Laclos）的《危險關係》（Les Liaisons dangereuses，一七八二年）；我讀《出殯現形記》的時候便想起這本小說。

　　這兩本書有種相似性。我的意思並不是說後面這本受了前面那本影響。我只是說這兩本作品同屬於相同一門藝術的相同歷史，並且同樣觸及這個歷史呈現給它們的重要課題：單一敘述者威權過度膨脹的問題；兩個作者中間年代相隔好幾百年，但寫出一樣想要打破上述那威權的作品，要將敘述者趕下寶座的作品；（他們的反叛並不只針對文學理論意義上的敘述者〔narrateur〕，還要打倒廣義的敘述者〔Narrateur〕，因為年代湮遠以來，這個廣義的敘述者只將一個他認可的版本強加給人類）。把福克納的這本小說放在《危險關係》的背景上看待時，它那不尋常的結構形式便透露出它深刻的意義。反過來看，《出殯現形記》讓拉克洛極前衛大膽的藝術風格顯得搶眼，因為他知道如何從多重角度去詮釋單一的「故事」，並讓他的小說繽紛呈現個體化真理及其無從簡化的相對性。

偉大的小說作品裡彼此有著互相參照，互相襯托的價值，而將共同延續小說藝術的光芒，讓這光芒保護彼此，不致被人遺忘。假如沒有斯騰恩、狄德羅、龔布洛維次、凡庫拉、葛拉斯[62]、加達[63]、富安蒂斯、賈西亞·馬奎斯、契斯、果提索羅[64]、夏穆瓦索、魯西迪[65]的耕耘，那麼拉伯雷的特質能夠顯得如此耀眼嗎？沒有《吾土》（一九七五年）的襯托，《夢遊者》（一九二九～一九三二年）裡美學創新的深遠程度也無法凸顯出來。後面這本小說在它剛面世的時候幾乎沒人注意到它。此外，也只有上述這兩本小說做參考點，魯西迪

62. Grass，德國作家，生於一九二七年。
63. Gadda，義大利小說家，一八九三～一九七三年。
64. Goytisolo，西班牙作家，出生於一九三一年。
65. Rushdie，印度裔英國小說家，生於一九四七年。

的《魔鬼詩篇》（一九九一年）才免於成為一個短命的政治時事，而且得以躋身名著之林。這部作品將各個年代，各片大陸進行夢境似的對比，對現代小說最大膽的可能性會彰顯出來。還有《尤里西斯》呢！小說藝術自古以來便熱切關注「當下」這個神秘特質，關注生命一秒鐘工夫裡的須彌世界、關注人生微不足道本質的驚人特性，也唯有熟稔小說這些傳統的人才讀得懂《尤里西斯》。如果將《尤里西斯》放在小說史的架構外面來看，那麼可能只是一個瘋子心血來潮所寫出來、無人能解的囈語。

藝術作品如果被孤立在當門藝術史的背景之外，那麼可觀之處就不能彰顯出來。

永恆

文學史上有很長的時期裡，藝術並不尋求創新，只是重複舊的東西，將傳統加以強化，以確保群體生活的穩定性。那時，音樂和舞蹈只存在於社會儀式的架構下，比方彌撒或者慶典。後來到了十二世紀，巴黎教堂有位音樂家想到要在幾個世紀以來一成不變的格列格里單旋律聖歌裡加入對位法。基本的旋律沒有改變，但是唱腔部分採用對位法。而這種創新便開始促成其他的創新。對位的聲音也增為三人、四人到六人，結果造就了越來越複雜，越出人意表的複調音樂。既然音樂家不再專事模仿前人的作品，他們從此也就走出隱姓埋名的階段，而且他們的姓名也開始像明燈一樣，照耀通往遠方的藝術之途。一旦起飛之後，幾個世紀以來，音樂便成了音樂的「歷史」。

歐洲的各門藝術，每種都在自己的時代裡產生飛躍現象，並且轉變為其自身的歷史。這就是歐洲的偉大奇蹟：並非它的藝術，而是轉變成歷史的藝術。

只可惜，奇蹟維持的時間不會太長。凡是起飛的，有朝一日總要著陸。我的心裡升起憂慮，我想像著哪天，藝術不再追求不曾被表現過的東西，然後馴服地成為群眾生活的奴僕，接受指令，只完美重複舊的東西，只幫助個體在和平安樂的氛圍中融入生存的一致性裡。

畢竟藝術的歷史會斷絕，而藝術的絮絮叨叨卻是永恆的。

國家圖書館出版品預行編目資料

簾幕 / 米蘭・昆德拉 (Milan Kundera) 著; 翁尚均 譯. -- 二版. -- 臺北市 : 皇冠, 2021.10
面 ; 公分. --（皇冠叢書 ; 第4981種）（米蘭・昆德拉全集 ; 14）
譯自 : LE RIDEAU
ISBN 978-957-33-3790-4 (平裝)

812.78　　110014446

皇冠叢書第4981種

米蘭・昆德拉全集 14

簾幕

LE RIDEAU

作　　者—米蘭・昆德拉
譯　　者—翁尚均
發 行 人—平　雲
出版發行—皇冠文化出版有限公司
台北市敦化北路120巷50號
電話◎02-27168888
郵撥帳號◎15261516號
皇冠出版社（香港）有限公司
香港銅鑼灣道180號百樂商業中心
19字樓1903室
電話◎2529-1778　傳真◎2527-0904
總 編 輯—許婷婷
責任編輯—平　靜
美術設計—王瓊瑤
著作完成日期—2005年
二版一刷日期—2021年10月

法律顧問—王惠光律師

讀者服務傳真專線◎02-27150507
電腦編號◎044113
ISBN◎978-957-33-3790-4
Printed in Taiwan
本書定價◎新台幣320元/港幣107元